안녕하세요, 대만 독자님!
마음이 벼랑 끝에 몰린 어느날,
아무도 나를 위로해주는 이 없다 느낄 때,
마음 세탁소에서 따뜻한 꽃잎의 포옹을 받아
마음에 꽃바람이 불길 바라요.

\- 윤 정 은 -

台灣的讀者，大家好！
當你覺得自己好像已經無處可去，
感覺沒有人能給你安慰的時候，
歡迎你來到心靈洗滌所，接受溫暖花瓣的擁抱，
讓自己的心吹起一陣美麗的花信風。

—尹淨銀—

메리골드 마음 세탁소

金盞花心靈洗滌所

尹淨銀 윤정은——著
陳品芳——譯

假使，

有機會能改變一件令你後悔的事，

有機會能將烙印在心中的傷痕

像是去除頑垢污漬一般澈底洗淨，

你就會幸福嗎？

金盞花心靈洗滌所

這是一個春天過後緊接著秋天，秋天離去後，春天便會再度降臨的村子。轉動那顆如足球般大小的地球儀，轉著轉著，一座小如塵埃的村子便出現在眼前。這座村子雖在地球上，卻無人知曉它的存在。在神祕花朵與樹木的簇擁之下，擁有神祕力量的人們在此安居樂業。他們雖沒有翅膀，卻如妖精一般美麗。

在這裡，每一天都能過得如花一般美好。令人目眩神迷的蔚藍天空、溫度適中的氣候，居民豐衣足食，笑聲不曾間斷。此地的居民有著善良的雙眼與一副好心腸，他們絲毫不明白「憎恨」「痛苦」或「悲傷」是什麼樣的情緒。他們的個性無比溫柔，日子平靜和諧。

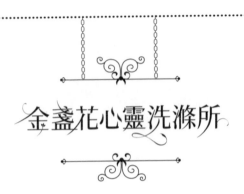

這座村子的居民擁有美麗的能力，能爲世界帶來光亮，也會爲人們居住之處帶來溫暖。當月亮升起，他們會在朦朧月光下起舞；當太陽升起，他們會帶著溫暖且耀眼的微笑度過一天。他們所在之處，沒有刺骨的寒冷，更沒有令人心枯槁的嚴冬。

然而有一天，熾熱的夏天造訪居住在村裡的一名男子，毫無預警。

「不好意思，快醒醒啊，妳沒事吧？」

「……渴……」

「你說什麼？我聽不清楚。」

「……水……」

「啊，妳要水！這裡。」

一名男子走在連接整座村子的路上。他是村子的守護者，負責巡邏整座村子、處理村中大小事務。他雙手在身體兩側歡快地揮舞，大口呼吸新鮮空氣，享受著自然的清新。接著他便發現一名倒在路旁的女子。這名有著烏黑秀髮的女子臉色十分蒼白，嘴唇開開合合，不知想說些什麼。她喝了幾口男子遞過去的水便再度無力倒下。他從沒在村裡見過這名女子。就在她倒下的那一刻，樹葉飛過來接住了她，爲她織出一床鬆軟的被子。

「小姐！妳不能倒在這裡啊！妳家在哪？我送妳回去！」

男子蹲在這名無力昏厥的女子身旁，他擔心女子身上的白洋裝或許會不小心弄髒，於是決定脫下自己的衣服蓋在女子身上，並在旁坐了下來。

「她不該睡在這的啊……但現在也沒辦法了。只能等她醒來後再問她家在哪，然後才能帶她回去。不過，我爲什麼會突然覺得好放鬆，好睏？眞奇怪。」

男子就這麼坐著，抱著自己的膝蓋緩緩睡去。

「不好意思，請問這裡是哪裡？」

感覺有人輕輕搖了搖自己的肩膀，男子從睡夢中醒來。一睜眼，便看見那名女子睜著疑惑的藍色大眼。他竟不自覺地被那雙眼睛所吸引。那雙眼睛如大海、如天空一般深邃。在光的照耀之下是藍色，但那又美又長的睫毛輕輕一眨，似乎又成了褐色。爲女子神祕的瞳孔所吸引，陷入呆滯狀態的男子好不容易才回過神來。他答道：

「喔，這裡是那個，呃……擁有美麗能力的村莊。」

「美麗的能力？我在這裡聞到以前沒有聞過的味道。我可以靠氣味區別空間的能量……這裡散發出和平又好聞的氣味，但奇怪的是我一點都不覺得陌生，無論空氣還是風都好純淨。空氣真的很舒服，甚至讓我想要住在這裡。」

「那……妳要一起住下來嗎？」

看著女子的眼，男子不自覺地脫口說出這句話。話才說完，他就嚇得站了起來。他怎麼會說出這種話？男子手足無措，連耳朵都紅透了。看著這樣的他，女子以美麗的笑容答道：

「好啊，就住下來吧。」

一見鍾情雖不見得都會有好結果，有時卻也能發展成天長地久的愛。女子與男子一起在這擁有美麗能力的村莊住了下來，並生下一個美麗的女兒，過著平靜和樂的生活。他們雖擁有神祕的能力，卻絕對不會用能力去做壞事。就這樣，他們在這個僅有春與秋兩個季節的村子裡，過著幸福快樂的生活。

有兩種能力！得知自己有兩種能力的驚人消息，讓她有些恍惚，心情又有些混亂。看了看窗外，這是個看不見月亮與星辰的夜，似乎比以往的夜都要深沉。而那個通往村外的境界之門彷彿就要開啓。

「沒事的，不會發生任何事的，絕對不會……」

她按捺自己激動的心，嘗試深呼吸並閉上雙眼。一、二、三……

「爸爸、媽媽，別走啊！不要丟下我！拜託你們快回來……」

少女哭著從睡夢中醒來。此刻仍是深夜時分，不知何時睡著的她還做了個惡夢，夢裡一陣狂風襲來，她心愛的一切都被龍捲風捲走，只留下她在原地。她內心產生一股莫名的感受。她曾偷偷讀過圖書館禁忌書架上的書，這難道就是書裡所說的「不安」與「恐懼」？

記得睡前偷聽爸媽說話時，他們還提到要避免讓她去讀跟其他村莊有關的書，但是……爲什麼要避免去讀其他村莊的書？在好奇心的驅使之下，在這個眾人入睡的夜裡，少女拿出從禁忌書架上偷偷帶回來的書翻閱。這恰好是一個冒險故事，描述主角最心愛的人被吸入魔法黑洞，消失在其他世紀的時間線之中，於是主角決定出發去尋找他們。

雖然試著靜下來讀書，少女的心卻仍然跳個不停。她將手按在怦怦跳動的心上，低聲哭了好一會。眞是奇怪，通常她要是這樣哭，爸爸或媽媽都會跑來安慰她，爲什麼今天這麼安靜？爸媽都睡了嗎？還是說此刻她仍在夢裡？爲什麼聞不到任何味道？她懷著一顆不安的心環顧四周，接著又揉了揉眼睛，懷疑眼前所看見的景色。她眨了眨眼，再度揉揉眼睛。

但無論怎麼揉，少女的眼前都空無一物。這是夢，這肯定是夢，這是一場惡夢。她得再次閉上眼讓自己入睡，她得做一個新的夢。這眞是個奇怪的夜晚。她再次閉上眼。

這時，少女想起她入睡前，坐在椅子上聽見的最後幾句話。她原本以爲那句話是她的夢……

「有同理並治癒他人悲傷的能力是很好，但居然有實現願望的能力……這力量雖然強大，卻太危險了。」

「我們怎麼會到現在才發現呢？要是能早點發現該多好？很多應該在訓練學校學習的東西，這下子得自學，那可是很吃力、很辛苦的。」

「別自責了。木已成舟，後悔也不能挽回什麼。幸好我們現在發現了，可以在旁邊多幫幫她。」

「好吧。可是只要發現了能力，那她短時間內所想的、所夢的事情就都會成爲現實。我們必須小心，讓她別亂想些危險的事。明天先把氣氛營造得溫馨一點，再把這件事告訴她吧。」

「就這麼辦吧。但要是想好好發揮這兩種能力……」

沒把話聽完便睡著，讓少女感到無比後悔。她應該把那段話聽完的。不，她根本不該走出房門喝水。不，她不應該這麼晚了還沒上床睡覺。不，她不該偷聽父母說話。不，打從一開始她就不該閱讀其他村莊的書。她不該走到禁忌書架所在的區域。越想，她的後悔就如雪球般越滾越大。

她再度睜開雙眼，這才終於發現眼前空無一物並不是一場夢，而是現實。她的眼前是一片廢墟，心愛之人因爲自己而被龍捲風捲走，只剩下她留在原地。

如果能有一個機會，讓人挽回後悔的時刻，不知該有多好？這樣一來，我是否就會做出其他選擇？我真的可以嗎？

不，如果擁有能預防壞事發生的能力，那不知該有多好。說不定我真的能擁有這種能力。

我不能這樣下去。不能這樣束手無策，讓一切瞬間消失無蹤。我只是閉上眼睛睡個覺而已啊，曾經明亮的世界卻瞬間充滿了黑暗。

這是一場夢。

絕對是場夢。

「這不是夢，是現實。」

有時候，不，大多數時候，現實都比夢更殘酷。

無論如何眨眼、坐在原地一再睡著又醒來，仍然只有她一個人。少女不知道該如何使用自己的能力，只能眼睜睜地失去自己心愛的人。她相信這一切肯定有辦法恢復原狀，她試圖翻找訓練學校的教材，最後發現教材上寫著這樣一段話：

發現能力的初期，因為還不熟悉如何操控力量，所以必須特別留意做夢。尤其訓練初期，很多事情都可能實現。睡前縈繞在腦中的想法很可能會化作現實，因此必須注意，睡覺之前一定要進行冥想，讓自己帶著好心情入睡，以避免濫用能力或讓自己陷入危險。

眞是太絕望了。無論再怎麼用力想、再怎麼用力做夢，心愛的家人都無法回到身邊。少女每一次睜眼，都還是只有自己。

「會不會就像書中那個故事一樣，爸爸跟媽媽跑到其他世界去了？就算翻遍全世界，我也一定要找到他們。跟爸媽重逢之前，我絕對不會變老。只要重生上百萬次，應該就能見到他們了吧？我一定會找到他們，我一定會讓一切恢復原狀。」

一個人被逼入絕境，便會展現連自己都不知道的超人力量。少女才剛剛發現自己的能力便面臨困境，她決定借助此刻爆發的力量封印住自己的時間，前往重生上百萬次後才會抵達的世紀。她決定忽視可能會遭遇危險的警告。還有什麼地方比失去心愛的人更加危險？記得爸媽曾經告誡過她，能力只能做良善的用途，但她也決定忽視這點。她跨越無數個世紀，四處尋找家人。那個雙頰紅通通的、充滿活力的可愛少女，在歷經無數次重生、穿越了無數個世紀與世界之後，最終失去了笑容。但即便如此，她也在所不惜，只求能夠找到家人。少女一再重生，在世上無止盡地徘徊。

「你們在哪？拜託快出來吧……拜託……真希望這是場夢。」

但無論再如何重生、再如何焦急找尋，她仍找不到自己最心愛的家人。少女讓自己變成無法死去，卻也無法得到幸福的狀態。她必須找到心愛的家人，讓自己不再重生、讓自己能安然地衰老死去。她一個人無法感受到世間的美好，更沒有自然老死的自由。她下定決心，要找到心愛的家人，跟他們一起歡笑。她不再顧慮能力必須用在良善之處的規範，全心全意只為了實現自己的願望而使用能力。

只是無論重生多少次，她依然沒能達成目的。她那雙漆黑瞳孔之中，滿滿的都是悲傷。開朗的少女如今變得面無表情，不哭也不笑，雙眼無比空洞。她甚至不吃也不睡，變得骨瘦如柴。

她必須維持與家人分開時的外貌，這樣家人才能在重逢時認出自己。她選擇不改變歲數，相貌則始終如一。某個世紀的她是二十幾歲，某個世紀的她是三十幾歲。有好幾次她曾經讓自己長到四十幾歲，但年紀自此不再增長。她擔心年紀繼續增長下去，家人可能會認不出自己。不，其實她的記憶已經逐漸模糊，她更加擔心的是自己會認不出家人。這段旅程實在令人疲憊不堪，殘酷的時間流逝的速度比她改變想法的速度還快。

「已經是第一百萬次重生了……眞希望這一切是場夢。」

什麼樣的想法會化爲現實、何時才能正常發揮力量，她實在想不出個解答。意外一個接一個，她卻無法釐清箇中原由，沒有什麼比這更棘手。她開始後悔，當初離開村子時，就應該要帶著訓練學校的書當參考才對。

這已經是數不清第幾次的重生。新人生的第一天，少女睜開眼，緩緩從床上起身，她拿起茶壺想煮點熱水。

「水快煮開吧，喂，咕嚕咕嚕……怎麼會這麼難呢？」

少女已經習慣自言自語，她右手打開茶壺的蓋子，左手拿著茶壺接水。每一次重生，她都讓自己是同樣的年齡、同樣的外貌、身處同樣的空間。所以，究竟是哪裡缺了什麼？

「杯子在哪？應該每次都在同一個地方才對啊。」

她抬起頭，翻找上頭的層板，再低頭打開抽屜，這時才發現眼前那塊層板上的白色杯子。她盯著那只杯子。到底是從什麼時候開始放在這的……

嘰咿咿的聲音傳來，壺裡的水開始沸騰。

「好──想──念──大──家。」

少女想起上個世紀在自己身邊的人，忍不住這句話就脫口而出，結果反倒更想念他們了。許多次的重生，讓少女早已筋疲力盡。她澈底限制自身情緒的流露，只爲了避免自己體會快樂與幸福，但爲何還有如此溫柔的人，願意讓她感受到世間的溫暖？她從來不曾爲這些人做點什麼，他們卻依然留在自己身邊。而直到她就要熟悉這些人的存在時，最後又不得不分離。無論少女再如何冷漠、對他們的付出視而不見，他們依然溫柔以對。這些人的臉孔在眼前閃過，每一次遇到這樣的人，都會讓少女動念想要停止繼續在時空中徘徊，留下來跟他們好好相處。

「我有這種資格嗎？」

每當興起要停留的念頭，少女總會趕緊離開那個世界。

她並不總是感到悲傷。每一次的重生，也總有讓她開心的事。她喜歡靜靜聽身邊的人訴說他們的故事，每每聽著那些悲傷的故事，少女出色的同理能力，便會將那些情緒轉嫁到自己身上，讓她的心跟著隱隱作痛。當說故事的人情緒平靜下來，他們會放下手中的茶杯，靜靜對少女露出微笑。

她喜歡看著人們的心情逐漸變得平靜。聽取悲傷、憂鬱、煩躁的故事，對少女來說並不困難。她活得比所有人都久，自然也明白人生中的悲傷總是多過於喜悅。人們所說出的內心話，對少女來說有如音樂一般。

聽這些人說他們的故事，並不會對少女的心造成影響。她喜歡他人來向自己傾吐心事，藉著這樣的傾吐清空內心的壞情緒，讓心靈變得更加乾淨。這樣撫慰那些心靈受傷的人，是否就能塡滿自己空虛的心？她多少有些期待。

其實，少女明白人們對自己傾吐心事後會感到平靜，是因爲她擁有的能力所致。即便力量能幫助到別人，但她依然害怕完全發揮這股力量，因爲她害怕會再度失去心愛的人。當我們愛一個人、擁有一個人的時候，自然也伴隨著擔憂會失去對方的恐懼。少女自我封印，讓歲數不再增長，但看著身邊的人一年一年老去，她必須隨時做好送走他們的準備。只可惜即便做好準備，她仍會捨不得放手。

這些人會不會就是她尋尋覓覓的心愛家人？即便歷經漫長的歲月重生，她會不會仍因往日的失誤而自責，甚至因此蒙蔽了雙眼，導致她認不出自己想要尋找的人？就像這只杯子明明就在眼前，她卻花了許多時間尋找。

少女拿起白色的杯子，一邊倒水一邊思考。煮水、倒水都是一種選擇……思緒好亂……重生這件事已經讓她感到疲憊，現在是否差不多該放棄尋找，讓自己的時間能繼續流動了？不，還不是時候，別再想這些了。

她甩了甩頭，試圖將這些想法甩開。她將熱水倒入杯中，呼呼吹了兩下後喝下。隨後她仔細端詳那只杯子。每一次重生，她所居住的地點都會改變，唯有這棟房子的結構依然不變，因此她並不覺得陌生。一個房間、一個客廳、一個小小的廚房，就是這樣一間結構簡單，約莫十二坪大小的房子。屋內能稱得上是家具的東西，就是一張床鋪、一張小小的梳妝台、一個櫃子、一張椅子跟一張桌子。在好幾個世紀以前，她曾嘗試打造宏偉華美的房子，但後來她發現，大屋子不過徒增了自己的孤寂。

每次重生她都會工作，卻不花錢。她總把賺來的錢存下，擁有的財富日益增加，需要的物品卻與重生的次數成反比。環顧這間無比熟悉的房子，她往客廳走去，腳步停在窗前。

「眞美。」

她之所以選擇落腳在此，是因爲喜歡這地方的名字——金盞花鎭。沒想到竟然有個地方是以媽媽喜歡的花爲名，這讓她感到十分親切。在這座紅磚色房屋如花一般盛開的鎭上，少女居住在地勢最高的位置。這座小鎭十分溫馨，彷彿站在巷尾就能聞到巷口人家煮飯的味道。日復一日，平凡的日常一再循環。少女站在窗前看著鎭上的屋子，有幾戶人家的窗戶透出鵝黃色的燈光，煙囪也正不斷冒著炊煙。

少女立在窗邊凝望街景。這是個不算太擁擠，也不會人煙稀少到令人感覺寂寥的小鎭。她拿著杯子，打開落地窗往陽台走去。赤腳踩在磁磚上，令她感到有些冰冷。

面對著大海，一陣風朝少女吹過來。夕陽西下，她往左看了過去，眼前的畫面令她瞬間屏息。緩緩落下的夕陽，正用盡最後一絲力量將天空染得火紅。有如一顆火球的夕陽，逐漸沒入海平線。落日一直是如此美麗嗎？

位在山腳下的金盞花鎭兩面環海，另外兩面則與大城市相連。她閉上眼，深深吸了口氣，她能聞到空氣中有水的味道。望著大城市、海洋與小鎮交織出的風景，少女莫名感到淒涼。突然，一股溫熱的淚水流下。

「夕陽怎麼會這麼美？這世上還有很多美好的事物嘛。」

少女趕緊擦去眼淚，像是生怕被誰看到似的。她靜靜欣賞眼前的日落。一陣風吹過，飄送花香輕拂過她的鼻尖。她理平隨風飄散的髮絲，眼裡也染上了晚霞的色彩。

「這是什麼？這味道好熟悉。」

她深吸了一口氣，回想自己許久以前曾經聞過的味道。她是在哪聞過這味道？她啜了一口杯中已經冷掉的水，並試著從記憶搜尋。眨眼之間，紅紅火球已經完全沒入海面。雖然太陽已消失在大海的彼端，天空中卻仍被餘暉染紅。

太陽下山後，光線不會立刻消失。即便散發光芒的太陽西落、從視線中消失，留下的光卻不會立刻消失。沒錯，光與暗並非一體兩面，而是在同一個平面相連。少女望著緩緩消退的光線，即便深沉的黑夜降臨，仍能看見少部分光線。即使以爲自己處在伸手不見五指的黑暗中，仍有人眼未能察覺的細微光芒。

夜晚降臨。太陽緩慢西沉之際，月亮也隨之升起。月亮與太陽輪流守著天空，爲黑暗漸漸帶來光明。有時她會想，白天之所以看不見月亮，是不是因爲人們在白天總是只想看見太陽，因而只能看見太陽？她抱著膝蓋蜷縮著身子，徹夜未眠。凌晨過去、黎明來到，那彷彿會持續到永遠的黑夜終會離去，晨光會再度降臨。說不定人生當中不需努力也能獲得之事，就是我們每一日迎接的早晨。

「人的一生中沒有永遠的黑暗，也沒有永遠的光明。」

過往的記憶閃過她的腦海。她想起在過往的世紀裡，她對所遇見的每一個人伸出的「安慰之手」；她從前來找她喝茶的人們身上取走的黑暗；她甚至也想起了自己對那些似乎終於看到希望的人們露出微笑的時刻。

「……我想……起來了。」

哐啷！

白色的杯子從少女手中掉落，雪白的碎片四散開來。這些都留在她的潛意識裡，爲何她直到現在才想起？在這清晨時分，即便她放聲大喊也不會有人聽見，但少女仍下意識摀著自己的嘴。當時她聽爸媽說話聽到一半便睡著，但其實她的潛意識裡，還留有爸爸說的最後一段話。此刻，那段話在她耳邊響起。

「如果想好好發揮這兩種能力，就要先好好熟悉撫慰、治癒悲傷的能力，先治癒他人的心靈，再去使用實現願望的能力。這會不會是幫助他人度過難關的關鍵？村中有這種能力的人不多，相當特別又很珍貴，她是被選上的人啊。」

爲什麼現在才想起爸爸的話？爲什麼……少女深感無奈，連哭的力氣也沒有了。她站在那裡，想像著自己的消亡。她渴望自己消失的願望，竟使得她的身體逐漸變得透明。而在她的身後，日頭從東邊緩緩升起。太陽依然日復一日盡著自己的本分。

「啊……我頭好痛。爲什麼我就不能如我所想的消失？」

少女握緊了拳頭，破碎的杯子成了白色的花瓣，飛向窗外的天空。花瓣環繞雲朵，將遮蔽太陽的雲驅散，讓陽光能夠照亮她的窗。刺眼的陽光照亮蔚藍的天空、照進屋內，少女身上的衣服，轉眼成了印有紅色山茶花的黑色緞面連身裙。

少女睜開雙眼，那一頭整齊束起的頭髮不知何時已經散開。今天就是這樣的日子，有如暴風雨前的寧靜，預告著掀起滔天巨浪的風暴即將來襲。

☼☾

「這座小鎮的太陽，每天落下時都讓人感覺好悽涼。好像這是它最後一次落下，好像世界沒有了明天一樣。」

少女連續幾天窩在家動也不動，只顧著看日升日落。她終於還是走出了家門。她埋怨自己，都過了這麼久，才想起那個最令她心痛的日子留下的最後回憶。既然知道了使用能力的方法，那她便不能沒有任何作爲。就先別埋怨、別自責了，把自責的時間拿來解決問題，試著……活下來吧。努力到最後，會不會就能找到答案？從現在起，少女要正式尋找能治癒他人心靈的場所，就在這座名叫金盞花的城鎮，開始治癒他人的心靈。

「哇，妳現在還要幫女兒照顧孩子啊？妳有吃飯嗎？」

「嗯，對啊，週末他們會回家，平日就由我幫忙帶孩子。多幫我裝一點魚板吧。」

經過少女身旁的人，自然地與路人攀談。那名女子拿了幾張千元紙鈔，交換裝在黑色塑膠袋裡的熱食。在這純樸的小鎮住久了，攤販連客人需要幾支湯匙都一清二楚。

「飯捲是招待妳的，呵呵。」

「哎呀，我只是買魚板，怎麼能招待我飯捲呢？這樣妳還賺什麼？一定要收錢，來，拿去。」

「唉唷，不用啦！妳明天再來買吧。」

少女開心地看著這充滿人情味的光景。眞是奇怪，聽著兩人的對話，竟讓少女覺得餓了。讓她久違地興起飢餓感的這段對話，來自於「我們的小吃」這間老舊餐廳。

少女走進店裡，裡頭擺了幾張紅色餐桌，上頭沾附了滿滿的油漬，無論再努力拿抹布去擦，仍然擦不掉那份黏膩。壓抑想爲老闆訂正菜單錯字的衝動，少女點了一條飯捲。

「話說回來，我最後一次吃飯是哪一世啊？不記得了，但至少這應該是我這一世第一次吃飯。」

她一直認爲，對一個有任務在身的人來說，悠閒品嘗美食是一種奢侈。因此一直以來，她總是用只吃一顆就能整天能量充足的藥丸延續生命。過去某個世紀，她曾經守在某個臨終之人的身旁，也是那時獲得了藥丸的製造方法……但如今她已經不記得那人的長相。少女一臉呆滯地坐在小吃店內，太久沒有吃東西，她早已遺忘咀嚼與吞嚥的方法。小吃店老闆將飯捲送到她面前，並對她說：

「就算吃不下也要硬塞，看妳瘦到腰都要斷了！我今天也是吃不下，但還是硬塞了一些食物，多少勉強自己吃一點，這樣食量才會變大，吃得越少食量只會越小！」

聽完老闆的話，少女反射性地將飯捲塞進嘴裡。她開始回想，上次有人這樣叮嚀自己好好吃飯，究竟是哪時候的事？她呆看著腆著一顆圓滾滾的肚子、身穿老舊花圍裙的小吃店老闆邊思考著。

正當她心想「不知道是不是太久沒吃飯，似乎感覺這飯捲不怎麼好吃」時，老闆又突然拿了一碗冒著熱氣的魚板湯來放在她面前，隨後問道：

「對了，小姐，妳叫什麼名字？」

少女原本正用眼睛數著漂在湯裡的蔥與胡椒顆粒，聽見老闆的這句話便突然一楞。她四處張望了一下，看到鋪在旁邊那張桌子上頭，已經泛黃的傳單上寫著「織恩超市」幾個字。她嚼了幾下將嘴裡的飯吞下，而後先是沉默了幾秒，才緩緩開口說：「織恩。」

「織恩？這名字真美啊。那妳慢慢吃啊，織恩，下次來的時候要記得加點泡麵喔！」

對，織恩，這的確是個美麗的名字，聽起來像是擅長編織故事的人會有的名字。急中生智替自己取了這樣一個名字，少女漾起淺淺的微笑，撈了一匙滿滿都是蔥花與胡椒的湯放進嘴裡。

這湯喝起來好暖。

少女，不，織恩吃完一整條飯捲後終於開口。

「阿姨，這棟大樓多少錢啊？我要買下來。」

「妳哪有辦法買這棟大樓啊？腦袋有問題啊？小姐，妳很有錢嗎？」

「嗯……眞要說起來的話，是很有錢啦。」

「什麼？妳是有錢人嗎？」

「要有多少錢才能叫有錢人啊？我很認眞賺錢，而且不知從什麼時候開始，我就感受不到花錢的樂趣了。因爲不花錢，我就都把錢存起來，所以我有很多錢。總之，只要告訴我誰是房東，我可以用市價的三倍買下來。阿姨的租金我會降到現在的一半，而且一輩子都不漲。」

「唉唷，妳還眞是有錢人啊！小姐人長這麼美，心也好美啊！妳要是有辦法買下來就買吧！我把房東的電話告訴妳，這一點都不難。來，拿去！」

織恩緩慢讀著抄寫在老舊便條紙上的號碼，隨後嘻嘻笑了起來。

「阿姨，我會幫妳減房租，但妳店裡的餐點要一直維持這個味道喔。妳不要突然去開發新菜單，千萬別忘記妳的初衷！」

「哎呀，妳眞的很會看人耶，妳不用擔心，我手藝眞的很好。不過啊，小姐，爲什麼我們才第一次見面，妳跟我講話就有點隨便啊？」

「因爲其實我年紀比妳想像得更大，我活得比阿姨還要久喔。」

「呵呵，好啦，妳說了算，就當作妳活了很久好了。」

看著留有一頭及腰黑色長鬈髮，臉色無比蒼白的織恩，小吃店老闆呵呵笑了。這位小姐看上去不過二十幾歲，說起話來卻讓人覺得像四十幾歲。剛才看到織恩呆站在小吃店門口，雙眼悲傷且空洞的模樣，老闆不知爲何感到心疼。她剛才之所以說話會那麼大聲，或許就是想吸引那位瘦到惹人憐惜的小姐走進店裡。

「小姐，不對，織恩，妳那件花洋裝是在哪買的？我也好喜歡喔，看起來很適合我。」

看著織恩身上那件黑底紅花的洋裝，小吃店老闆不自覺摸了摸繫在胖肚子下方的那條粉紅色花圍裙。看見老闆那雙滿是皺紋又厚實的手，讓織恩想起一段深感懷念的記憶，突然一陣心痛也隨之襲來。

「媽媽，一個人沒有心會怎麼樣？」

「嗯，應該會完全感覺不到愛、喜悅、悲傷或任何感情吧。」

「不會悲傷不是好事嗎？」

「妳有什麼悲傷的事嗎？」

「沒有，只是在書上看到過叫做悲傷跟痛苦的情緒，所以才會好奇。」

「萬一妳呢，要是心痛的話，就把心拿出來，洗掉上面的污漬，然後放到陽光底下曬乾就好。等到了隔天，乾淨潔白的心就會讓妳很舒服。」

「心有辦法拿出來嗎？」

「如果拿不出來，那就在紙上畫一顆心來代替吧。」

「好啊！不過，我要是難過的話，媽媽抱抱我不就好了嗎？」

孩子雙眼閃著澄澈的光芒，但媽媽並沒有回應，只是輕輕撫摸著她的背，像是在安撫她一樣。媽媽從圍裙的口袋裡拿出了餅乾，而穿著黃色連身裙、雙頰紅通通的孩子接過餅乾後立即咬了一口。餅乾碎屑沾在臉上，她卻絲毫不在意，一個勁的張開雙手，做出飛翔般的姿勢四處奔跑。眼前的花瓣形成一道漩渦，環繞在孩子身邊，那躺在紅色花瓣上打滾的孩子，瞬間化作花瓣消失，她的思緒也回到現實。

「這洋裝大概在五十個世紀以前買的，現在買不到了。下次見囉，阿姨。」

織恩濃密的長睫毛上掛著一縷悲傷。她的視線離開了小吃店老闆的圍裙、離開了令人懷念的記憶。付完了帳，她環顧整間店，輕嘆了短短的一口氣，隨後掏出手機來，輸入完房東的電話號碼後按下通話鍵。耳邊聽著撥號音的同時，她也注意到小吃店旁的那棟建築，上頭掛著一個老舊褪色的看板。

心靈洗滌所

專業乾洗，任何污漬都能去除

她緩慢讀著招牌上的字，其中幾個字早已在歲月的流逝下剝落。

「洗滌所、去除污漬……連心的污漬都能夠一起洗淨嗎？」

電腦洗淨，擁有最完善的全新設備

「最新……設備啊，最新……好像不太對吧。」

環顧歇業已久的洗滌所內部，織恩的神情突然變得堅決，似乎是下定了決心。就像清洗、熨燙衣服一樣，試著替人們清洗心靈污漬、熨平心的皺褶吧。洗去了心上的污漬後，人是否就能獲得百分之百的幸福？想到這裡，織恩漆黑的瞳孔開始發出光芒。

在這裡應該沒問題。閉上眼，織恩開始勾勒她的想像，她緊皺的眉頭逐漸舒展開來。

夜晚總是悄悄地降臨。

☼☾

有些人的心只要簡單熨燙就能恢復平整；有些人的心卻希望能珍藏那些污漬，永遠不要洗去。還有些人的心千瘡百孔，在洗滌之前得先好好休養一陣；有些人的心卻無論如何清洗，仍源源不絕流出污水。

她想像一個讓人們能夠帶著這樣的心，安然走入的空間。織恩試著從記憶裡，找出那些與人交談時令她感到舒適的空間。記憶中的許多場所，都能讓她憶起思念的人。例如湖畔的春福阿姨家、海邊英壽叔叔家的客廳、位在歐洲鄉村蘇菲奶奶的庭院等。她得打造一個採光良好、室內無比明亮，能讓陽光把心曬得暖烘烘的空間。

那些空間之中，最讓她印象深刻的是蘇菲奶奶的家。那裡每天都有人進出，庭院中央有一棵樹齡超過百年的大樹，村民會在樹下閒話家常、分享美食。如果這個空間能成爲人們的避難處、能像奶奶家一樣，讓人們願意天天來這裡走走，那會如何？織恩沉浸在思緒中，絲毫沒有察覺自己臉上帶著一絲淺淺的微笑，只是閉著眼不停勾勒想像。

她以胡桃樹製成的堅固木材，打造一棟兩層樓的建築與一座四季長青的庭園。她決定這間洗滌所的外型要採歐式風格，內部則選用韓屋的椽木設計。

「希望人們一走進這個空間，受傷的心就能開始復原。我希望能爲人們洗去心靈的污漬，讓心上的傷痕就像樹木的年輪，成爲成長的證明。」

心靈洗滌所轉眼落成。走上七階木梯，便來到環繞盛開山茶花的拱門。推開以古老木頭製成的門扉，宛如走進了祕密花園，看見與門外截然不同的風景。

「位在山丘上，白天就會非常明亮，晚上還能看到隱約的月光。」

當眾人沉睡的深夜，心靈洗滌所有如盛開的巨大花朵，悄悄在紅色光芒之中成形。一瓣、一瓣，如含苞待放的花瓣舒展開來，洗滌所的每一層樓逐漸有了自己的樣貌。

一樓有高高的吧台桌，用於接收洗滌物兼泡茶。二樓則是洗滌空間。由於必須在這裡清洗心靈的污漬、將嚴重起皺的心熨平，因此盡可能排除不必要的裝飾。除了有機械清洗室與熨燙空間之外，還有能讓客人在等待期間稍事休息的兩組四人座位區。

「啊，還得裝上燈。」

爲了讓人們能安心說出自己的心事，室內選用舒適的鵝黃色照明以降低亮度。比起能看清對方臉孔的明亮光線，選擇這樣亮度能營造出昏暗感，讓人感覺能隱藏自我，因而更爲舒適。

通往二樓的階梯一角，另外設置了僅勉強供單人通行的鐵製迴旋階梯。爬上這道鐵梯，織恩在天台中央拉起了曬衣繩，這是爲了晾曬客人委託的洗滌物，也是爲了自己。

過去每當聽取他人的悲傷、給予他人安慰之後，織恩總會邊回想這些人的故事邊洗衣服。衣服泡水，加入洗衣精搓洗，隨後便會產生白色泡沫。接著再用清水漂洗，沾在衣服上的灰塵與污漬，就會隨著泡沫一起被水帶走。清洗完後，織恩會甩甩衣服，希望那些人的悲傷與痛苦也能就此清理乾淨。將洗好的衣物掛在曬衣繩上，望著水滴答落下的畫面，讓人感覺世上的所有情緒殘渣，也都隨著衣服一起被陽光曬乾、消逝。每一次織恩帶著渴望為人清理情緒的心情洗完衣服的隔天，那些憂鬱的人們便會豁然開朗。他們的表情，就像烏雲散去後的天空。

「到心靈洗滌所走一走，你的心也會舒坦一點。」

舒適的空間反映了織恩的期待，村子裡地勢最高的山丘上，心靈洗滌所正式落成。

「……太好了。」

她望著洗滌所，不停眨著眼。她本有些不安，擔心許久沒用的「實現願望魔法」可能會不管用，沒想到竟一次就成功了。曾經，她迫切希望結束自己的生命、期待自己能正常老去，願望卻始終沒有實現。必須以年輕肉體一再重生的體驗，或許跟失去心愛之人的哀傷有些不同，卻都是讓人難受的痛苦。就在上一次的人生中，織恩曾經嘗試以自身能力實現某些事物，卻怎麼也無法實現。難道這一生，她又獲得了不同的能力嗎？織恩疲憊地嘆了口氣，緩緩朝洗滌所走去。

一、二、三、四、五、六、七。

緩慢踏過七階樓梯，她站在洗滌所門口。生出這棟建築的紅色花瓣聚集在織恩腳底，隨後被吸入她所穿的連身洋裝裡。

這是個靜謐的夜。開門、開燈，如她所想，室內的照明是溫暖的鵝黃色。深吸了一口木頭的氣息，她開始傾聽人們的心，她聽到有些人的說話聲就在近處。她往吧台內側的小廚房走去，同時專注聆聽他人的心聲。

雖然有好一陣子沒泡了，但此刻，她必須誠心誠意泡出一杯安慰茶。喝下這杯茶，人們心中的細小皺褶便能如茶葉般舒展，並藉此獲得短暫的釋放。像今天這樣深沉的夜，有些人迫切需要這樣一杯暖茶的安慰。

不，或許今天最需要安慰的人，其實是我自己。

「如果可以，我想把整顆心都掏出來，用力洗乾淨之後再塞回去。」
延熙邊爬上陡峭的階梯邊說。
這是個美麗到令人感到有些悲傷的季節。在這綠意盎然的五月，美麗的夜晚之中，花香隨著五月薰風四處飄蕩。
「要怎麼把心掏出來？把心臟掏出來就是把心掏出來嗎？」
沉重的筆記型電腦壓在肩上，宰夏稍稍調整了一下背包的位置，喘著氣問道。心有形體嗎？如果眞的有，他還眞想拿出來摸摸看。
「萬一，我說萬一喔，如果能把痛苦的記憶全部消除，是不是就會變得比較幸福？那些回憶太讓人心痛了，總會讓人忍不住去想。吃飯、工作、跟朋友見面的時候，我明明都在笑，心卻仍然會感到一陣抽痛。我在做自己的事，心還是會不時抽痛。如果可以不要有這種感覺，我應該就能活得好好的。」
延熙停在樓梯中段，邊喘著氣邊抱怨。她想藉著吸的動作將溫暖的空氣吸入體內，再藉著呼的動作將冷空氣吐出體外，只不過事與願違。看來人生不如意，就連呼吸都無法如她的意。

「你知道嗎？心也跟一般的物品一樣，會在使用中耗損，最後澈底消失。最近我覺得我的心已經耗損到極致，快要消失不見了。」

「我懂那種耗損的感覺，那會讓人覺得這樣活著到底要幹麼，讓人疑惑生命的意義。」

這句話是宰夏說的，他絲毫感覺不到人生的意義與幸福；也完全不懂愛著自己的人生，究竟是怎樣一種感覺？懂得這麼做的人會有多麼耀眼？他對這點總是很好奇。

「我只是因爲眼睛要睜開所以睜開，因爲我還活著所以繼續活下去，並不是特別爲了什麼而活。妳跟我一樣嗎？」

宰夏從背包的前袋掏出魷魚往嘴裡塞。他瞇起眼睛抬頭仰望夜空，細數漫天星斗，嘴裡還邊嚼著魷魚。

聽了宰夏的話，延熙的頭往右邊一歪，想起文學家保羅·瓦勒里寫的句子。

「風起了，總得努力活下去。」

對某些人來說，就連吹過身邊的風都可以是活下去的理由，我們爲何活得這麼累？街燈閃爍下，宰夏與延熙並肩坐在階梯中央，沉浸在靜謐的夜晚之中。

「今天天空好乾淨，卻看不見月亮。」

冰冷的水泥階梯傳來陣陣寒氣，讓宰夏忍不住將雙手墊在屁股下方。人生就像一屁股坐上水泥地一樣，冷得難以忍受，眞希望能好好感受一下溫暖。

「欸，等一下，延熙，那是什麼？」

眼前的光景讓宰夏大吃一驚，他趕緊拉著延熙站起身來。兩人同時緊緊抓住對方，這明明是自己親眼所見，卻怎麼也令人不敢置信。「難道我們終於發瘋了嗎？」他們同時想。

這道階梯頂端的小吃店，出現一股夾帶著紅色花瓣的龍捲風。仔細一看，小吃店旁邊的那株山茶花正被飛快地捲入，而那棟建築物則在龍捲風之中逐漸飛離地面。

「那棟樓開花了……」

「眞的耶，開花了……！」

「我們是不是一起在做夢啊？」

「是嗎？我們是在夢中見面的嗎？」

如果能手牽著手，一起被捲入那陣花瓣龍捲風之中，或許會是件美麗的事。兩人緊握著彼此的手，掌心正沁出汗水。瞬間，那片紅色花瓣之間，出現一棟彷彿剛被改造完成的雙層建築。花瓣之中生出木頭、架出建築物，著實是令人大感衝擊的畫面。

「宰夏……那棟建築物本來就在那嗎？」

延熙雙手揉著眼睛問道。

「就我所知，那裡原本應該沒有東西啊。」

「是不是我們今天實在太累，以至於都出現幻覺了？」

「好像有可能。」

「去看看吧。」

「什麼？」

「我說去看看吧。」

「我……」

延熙被宰夏拉著走上階梯頂端，靠近那棟建築。人生有時會覺得一秒就像一千年那樣漫長，對他們兩人來說，現在就是那樣的時刻。站在階梯頂端看著老舊的招牌，他們彷彿已歷經了千萬年的時光。

延熙一個字一個字，努力辨識老舊招牌上寫了什麼。

「心靈洗滌……所？」

「看這招牌這麼舊，這間洗滌所應該之前就在這了吧？」

「對啊，但我們怎麼現在才發現？」

專業乾洗，任何污漬都能去除。

仔細端詳褪色壁紙上的字句，隨後往右看去，一旁「我們的小吃」餐廳依然矗立在那。兩人貼在窗上，舉起手遮在眼睛兩側，試圖窺探早已打烊的小餐廳內部。滿是黏膩油漬的紅色餐桌、雜亂無章的餅乾模具、明目張膽地以味精等調料增添風味的醬料區，都一如既往。餐檯上，甚至還能看見賣剩了的軟爛炸物。

「我們村子裡沒有別間餐廳，所以只有眞的很餓的時候，大家才會來買飯捲，不然根本不會來。我從沒想過，居然能有一間餐廳就算加了額外的調味料，還可以那麼難吃。」

宰夏一邊看著漆黑的小吃店一邊對延熙說。他們同時向後退了三步，拉開與小吃店的距離，並抬頭看了看一旁憑空出現的建築。眞的沒看錯，不對……不，眞的沒看錯。也許是因爲今晚恰好沒有月亮，所以他們更應該相信自己所認定的事情。有時候某些發自內心的信念，眞的很有可能化爲現實。

站在那棟憑空出現的建築物前，兩人目瞪口呆。瞬間，一股摻雜著花香的風吹來，其中還混著濃濃的青草味。

爲了您的幸福，
我們會
洗滌心靈污漬，
清除悲傷記憶，
並將靈魂皺褶一一熨平，
把內在疤痕輕輕撫去，

除去您心中所有污痕。

心靈洗滌所，衷心歡迎您的到來。

——白所長 敬上——

乘著風，一張紙如閃光般飛到他們眼前。延熙率先伸手抓住那張紙，仔細讀起上頭的文字。她能感覺心臟在自己的左胸跳個不停。她一手拿著紙，另一手連連安撫失控的心跳。

「你知道嗎，宰夏？我覺得只要能夠消除跟希濟有關的記憶，我應該就能找回笑容。」

宰夏靜靜看著閉著眼深呼吸的延熙。他輕輕將手放到延熙的肩上，一手抓住紙的另一端，也跟著閉上了眼。

「只要能夠去除心靈的傷痕，只要能夠忘記那些悲傷，我們就能享有終將來到的幸福吧？」

就在宰夏喃喃自語之際，進入洗滌所的門唰啦啦地敞開。既然大門已開，選擇權就落到兩人手上。是要走進這個奇異之夜，還是要轉身回家？

兩人同時跨出步伐。他們會往哪個方向前進呢？

「哈啊啊，歡迎。」

正在打瞌睡的織恩，感應到兩人進入洗滌所，便起身前來迎接。延熙與宰夏因織恩突然出現在眼前而大吃一驚，只見織恩挽起自己的黑長髮，並做了個手勢要兩人到吧檯前。

「我突然出現，嚇到你們了吧？我本來想用走的過來，但已經習慣用這種方式移動了。剛剛泡好了茶，你們先坐下來喝茶吧。」

延熙與宰夏遲疑地看著織恩。兩人是看到傳單，興起了想抹去內心傷痕的念頭，才會開門走進這個陌生的空間。沒想到卻有個奇怪的女人冒出來，衝到他們面前來邀請他們喝茶。宰夏開始回想起自己這輩子犯過的錯，怎麼想都不覺得自己有犯下滔天大罪。既然如此，那現在爲什麼會看到這種嚇死人的奇怪幻覺？

「別怕，這裡是洗滌所。你們是看到傳單才來的吧？那是我自己寫的，我覺得我還算滿會寫這種東西的。別怕，快來這邊坐。」

織恩一邊將泡好的茶緩緩倒入白色陶瓷茶杯，一邊看著延熙與宰夏，並用心解讀他們的悲傷。她能感受到兩人內心的悲傷。在評估該要去除多少傷痕的同時，她輕柔緩慢地將溫熱的茶湯注入小巧的杯中。眞希望他們心靈所受的傷，能夠只靠熨燙就解決。

延熙接過織恩遞來的茶，在吧檯邊坐下。眼前的女人看起來像二十幾歲，又有些像三十或四十幾歲。她一邊的臉看起來像二十多歲的年輕人，另一邊的臉卻又像上了年紀的長者。這名女子渾身散發著奇妙的悲傷氣息，明明是初次見面，女子對他們說話的語氣卻十分隨興，令延熙感到格外親切。她的表情和語氣都有著些許的距離感，卻又相當溫柔。她究竟是誰？好像曾經在哪裡見過她……她住在這個村子嗎？不知她是不是都不吃飯，只見她拖著瘦得像根筷子的身軀在洗滌所內走動、沖茶，腳步卻異常輕盈。她所踏出的每一步，都像是花瓣隨風搖曳。與其說是美麗，不如說是迷人。不，還是說那樣就是一種美？總之，她是名神奇的女子。

延熙一邊偷瞄織恩，一邊用顫抖的手捧起茶杯來喝了一口，然後又一口。她感覺自己的心似乎舒服了一些。她拉了拉還站著的宰夏，對他使了個眼色，建議他坐下來。兩人從小一起長大，早已習慣用眼神對談。

「你喝喝看。」

「裡面會不會加了什麼怪東西啊？」

「加了東西又怎樣？還會比我們現在的狀況更糟糕嗎？」

「也對。」

點點頭，宰夏將背包放在桌上，坐下並拿起茶杯。

喝了幾口茶，兩人開始環顧四周。從屋子外頭看，這裡就像他們曾在照片裡看過的，那種位在普羅旺斯某處的鄉村咖啡館。但是走進屋內一看，才發現這個二十多坪的空間內部採用的是韓屋式裝潢，給人一種靜謐的舒適感。他們本來還不明白自己爲何有走進洗滌所的衝動，但實際進到室內後，反倒慶幸自己聽從了那股莫名的衝動。透明的屋頂讓月光得以照進室內……等等，月亮什麼時候出來的？剛剛不是還沒有月亮嗎？

「雖然是晚上，卻給人一種沐浴在午後陽光下的慵懶感。不知道爲什麼，總覺得這裡好溫暖又好悠閒。」

延熙走到質感厚實的原木桌旁。闊葉與窄葉的盆栽和諧交錯，家具溫潤的原木質感，讓人心情極爲放鬆。她再度拿起杯子一看，發現杯子裡竟有一抹彎月。映照在杯中的月亮與二樓的一角，組合起來有如一幅畫。原來「如詩如畫」這一句話，就是要用在這種時候。延熙很好奇二樓上面有些什麼，便朝織恩走去，一臉好奇地問道：

「這裡眞的是洗滌所嗎？」

「沒錯，是洗滌所。先跟你們說，我不收費，清洗心靈污漬的債務，未來再還就好。」

「債務？我現在已經背很多貸款了耶……就連學貸都還沒還完。」

「不是那種債啦。你現在應該有想要清理的心靈髒污，或是想要撫平的傷痕吧？等你在這裡得到撫慰，能夠用更輕鬆的心情面對人生之後，看到陌生人需要幫助時，再無償幫助他們就好。這就是洗滌費，好嗎？」

「居然有這麼好的事？妳難道是什麼童話故事裡的天使嗎？」

聽延熙這麼說，原本在旁喝著茶的宰夏突然笑了起來。

「……」

延熙默默瞥了宰夏一眼，隨即往正從抽屜裡拿出兩件白色短袖T恤的織恩走去。有時候喜歡一個人，哪怕就只是靜靜待在他身邊也會讓人感到安心，不知爲何，雖然與這名女子是初次見面，但延熙卻覺得很喜歡她、讓人感到很安心。好怪，這眞是個很怪的夜晚。

「你們一人拿一件吧。如果你們的心痛了很久，已經傷痕累累，需要清洗或熨燙來清除污漬跟皺褶的話，那就穿上吧。不過，等你們心靈的污漬被清理掉之後，令妳們痛苦的那段記憶也會隨之消失。所以你們要好好選，要選出就算消失也沒關係的記憶。」

「如果那段記憶讓心受傷，那消除掉不是很好嗎？這樣就不會變不幸嘛。」

宰夏恭敬地用雙手接過織恩遞來的T恤，認眞問道。織恩垂下眼，搖搖頭沒有回答。她走到落地窗前看著夜空說道：

「不會變不幸，就是好事嗎？」

「沒有不幸，那就是幸福吧？」

「除去不幸之後，人生就只剩下幸福？」

「……難道不是……這樣……的嗎？」

「你一整天裡，就只會感覺到不幸跟幸福兩種情緒嗎？」

「不！人哪可能只有這兩種情緒！」

「那你還會感覺到什麼？」

「會睏、會煩躁、會肚子餓、會不想去上班，或是即使待在家也想回家之類的。有時候會爲了感受自己還活著，特別跑去拿魷魚來咀嚼。咀嚼了一陣子卻又覺得累。我覺得那情況就像我的人生，怎麼咀嚼也不會斷，但嚼久了又會覺得牙齒痛，還一下子煩躁起來。但是這樣就能讓我感覺自己還活著，很好笑吧……其實我也不太清楚，這到底是幸還是不幸？」

像在饒舌一樣，宰夏認眞地傾吐自己的想法。說完後，連他自己都感到不可思議。除了面對延熙會展露其他情緒之外，宰夏面對他人總是帶著笑容，而且從不對任何人吐露自己的心聲。人們都說伸手不打笑臉人，因此就算眼前的人讓他感到無比厭惡、煩躁，他依舊笑容滿面。雖不知道何謂幸福，但至少要藉著面帶笑容讓自己少挨點罵，這就是宰夏的信念。可是，眼睛明明是一個初次見面的女人，他爲何會像這樣吐露眞心？這點連他自己也弄不明白了。

「有些痛苦的記憶必須抹去，人才能活下去。有些記憶雖然痛苦，但克服不幸的力量卻能夠讓我們活下去。悲傷有時會成爲前進的動力。」

織恩的語氣平靜卻堅定。原本呆看著手上那件T恤的宰夏，這時突然喝了一大口茶，隨後便套上織恩交給他的衣服。臉上總是帶著笑意的宰夏，難得地收斂起笑容。看著宰夏穿上T恤後，延熙閉上了眼。在像這樣的夜裡，無論跟她聊什麼話題，她都能侃侃而談，也都能將話題導向那個難以忘懷，長駐心頭的回憶。

「你心裡有想清洗的污漬，還是有只需要稍稍撫平的皺褶？」

宰夏呆了好一會兒，一句話也沒說。織恩再次主動開口詢問，他仍然沒有回答，只是低下頭。看著這樣的宰夏，織恩起身往通向二樓的階梯走去。

「把剩下的茶喝完，跟我來吧。」

「……好……」

將杯中所剩無幾的茶一口喝下肚，宰夏看向延熙，延熙也看著宰夏。兩人眼神堅定，對彼此點了點頭。延熙打開宰夏的背包，拿出一本書，隨意翻開一頁便讀了起來，而宰夏則緩步朝二樓走去。

二樓窗邊的區域擺了兩台大洗衣機、銀色裁縫機及熨斗。神奇的是，即使擺了洗衣機與熨斗，整個空間仍讓人感覺像咖啡廳。原木家具與鵝黃色燈光，讓人心情十分放鬆。另外一個區域擺了四張桌子與兩組沙發，宰夏一屁股坐到離自己最近的沙發上。

「閉上眼，試著想起你希望消除的回憶。然後你身上的衣服會慢慢出現污漬，在脫下衣服之前，你要想清楚是否眞的想清除那段記憶。你必須承擔選擇所帶來的結果。」

「我脫下衣服之後呢？」

「相信我，我很快能幫你清乾淨。」

織恩舉起右手指向洗衣機所在之處。其實清除污漬的方法很多，選擇將沾染污漬的衣服放入洗衣機，只是一個小小的貼心安排，畢竟這裡是心靈「洗滌所」。她可以只用一杯安慰茶、陪客人聊聊天來清除污漬。但是選擇清洗衣服這個形式，是希望讓客人在保留與清除之間，有多一些選擇的時間。

「清洗完之後，污漬就會消失，那些事情也會像從來不曾發生過一樣，澈底從你的記憶中消失。有些事情値得清除，有些事情値得珍藏，你要好好判斷。畢竟人在擁有某件東西時，經常無法客觀判斷那樣事物的好壞。」

宰夏閉上眼，織恩則悄悄離開，登上通往天台的階梯，試圖透過天色推算這一天還剩下多少時間。織恩從不看時鐘，總是透過光影與天色的變化估算時間，畢竟月亮就是最古老的時鐘。

「遇到那種整天都帶著爽朗笑容的人，不知爲何總覺得很心疼、心酸。哪有人能一整天都這麼開心？肯定是必須用笑容把悲傷藏起來，所以才整天面帶笑容。若要繼續未來的人生，他們必須將留在心上如污漬一般的傷痛清除才行。」

想像著整天面帶笑容的宰夏，織恩雙手抱胸喃喃自語。她學宰夏閉上眼，深吸了一口氣，像鳥兒展翅一般大大張開雙手，彷彿她的背上將要長出翅膀，立刻就會升空翱翔。

黑暗中，有人靜靜看著這樣的她。

蓮慈女士，妳吃午餐了嗎？工作別太累了，別忘了吃飯！^^

宰夏傳了封訊息給在司機餐廳廚房工作的媽媽，隨後便將手機收入口袋裡，並伸了個懶腰。稍早前，他還窩在位於地下室的小房間裡，剪接三個月前拍的電影。他總是剪到累了便倒頭就睡，醒來隨便煮碗泡麵果腹，接著繼續剪片，日復一日。有多久沒走出這個地下室，到外頭迎接陽光了？他摸著下巴上密密麻麻的鬍鬚，再摸了摸長度早已超過脖子的頭髮。拉了拉帽子，他睜開一隻眼望著天空。陽光好刺眼。宰夏迅速恢復心情的方法就是仰望天空，這不需要花任何一毛錢，只要抬頭就能隨時隨地欣賞開闊無垠的天空。天空總是不遠也不近，以適當的距離守在人們身邊。

「哎呀，可惡……今天天空藍得太齷齪了。不對，不該用齷齪來形容這種藍，應該說是藍得很高尚。」

睜開另一隻原本閉著的眼，宰夏往前方三十公尺處的便利商店走去。當年，宰夏曾經考進某外縣市的四年制大學的理學院。後來他決定辦理退學，轉而就讀藝術學校。即將畢業之際，他拍來當畢業作品的短篇電影，在歐洲某個小影展得了獎，他也一下成了備受矚目的電影導演。他成了集教授與同學期待於一身，並得到媒體大幅關注的新銳導演。他的作品以「思考人類的存在」為主題，是相當具實驗性的作品。這為他贏得了「小朴贊郁」之稱，人們都期待他未來的表現。那段時間他偶爾會在電視上露臉，這讓他感覺自己彷彿擁有了全世界。

只不過在那之後，宰夏一部電影也拍不出來。周遭的期待之大，促使他想拍一部更厲害的電影，無奈卻實在寫不出劇本，是連一個字也寫不出來的程度。他怎麼也找不到想拍的故事。宰夏成天向在餐廳工作的媽媽伸手要錢，就這麼過了兩年。最後他開始去工地當粗工，還做起了外送員。因為看見媽媽才剛動完膝蓋軟骨手術，還硬是吞下三顆止痛藥去上班的模樣，他實在不能繼續這樣頹廢下去。於是他努力賺錢，終於租了一間位於地下室的套房充當工作室。距離得獎已經五年過去，他終於開始創作電影。

當然吃了啊～～只要我兒子找到工作、結婚成家，媽媽就沒有其他的遺憾了。

嘰咿咿，宰夏坐在便利商店的戶外用餐區，手機傳來震動聲。由於他把手機放在有七樣小菜的便當上頭，馬上就察覺到新訊息送達的震動。他拿起來查看媽媽的回覆，並順手打開罐裝啤酒咕嘟咕嘟喝了幾口，哈——白天喝酒就是爽！

蓮慈女士啊，找到工作跟結婚成家又不是什麼簡單的事。但我也是希望自己能有點成就啦！妳再等我一下，我這次的電影一定會成功，讓妳以後可以好好享福！

回完訊息，對著蓮慈女士、對著世界發出豪語後，宰夏活動了一下肩膀，接著拆開便當的蓋子。他三兩下把飯扒進嘴裡，一想到自己即將功成名就的未來，他忍不住笑了出來。

「看你每天都愁眉苦臉的，怎麼今天這麼開心？小夥子，吃慢一點啦！」

便利店的店長先生出來整理桌子，還不忘叮嚀宰夏吃慢一點。他從大企業退休後，便在自家附近開了這一間便利商店。

「哎呀。還是你們這裡的便當最好吃了。大叔，你吃飯了嗎？」

「等報廢時間過了我再吃報廢品，丟掉太可惜！小夥子，你要拿一個嗎？」

「不了，我今天不用。大叔，你別吃太多報廢品，要好好照顧健康啦！」

「便利店便當對身體不好已經是以前的事了。你看這個，我們家的便當低鹽，而且還富含五大營養呢！要不要拿一個啊？」

「眞的耶，原來上面有寫低鹽！哎呀，這世界眞是越變越好了。給我一個吧！」

宰夏另外買了兩碗泡麵，跟店長先生送的報廢便當一起裝在塑膠袋裡。他一邊甩著袋子一邊走回家，繼續投入電影剪接，就這樣又過了一個星期。這是他得獎後的第一部作品，他必須好好回應周遭的期待。只可惜事與願違，人生經常背叛人們的期待，絕不輕易讓人如願，甚至還會送上許多人們所不期待的意外。曾經有個補習班明星講師說過，好事之後會有壞事，壞事之後會有好事，好事與壞事的循環就像鐘擺……宰夏卻覺得他的人生似乎不像鐘擺，而像寺院鳴鐘。壞事就像敲鐘的木椿，不斷朝著他這鼎鐘連續敲擊。

「這算什麼電影？」

「導演到底在想什麼？爲什麼會拍出這種片？」

「浪費時間又浪費錢！」

宰夏的作品在首爾兩間小小的藝術劇場上映，第一天就得到觀眾的大量負評。他也拿去報名海外電影節，卻全部落選。朋友都安慰他，說這是一部很有原創性的作品，但宰夏仍能從朋友的眼神中看出他們的眞實想法。

不知爲何，他在此刻想起爸爸當年離家時穿著的深色牛仔褲。要是爸爸有好好扮演一家之主的角色，他就不必去工地當粗工，而是能夠專心拍電影了……如果他離家之後也有好好寄生活費回來……不，如果當初自己只把電影當成興趣，而沒有選擇退學……如果沒有進入藝術學校……如果依照蓮慈女士的期待，到大企業就職或準備公務員考試……不，如果電影失敗之後，他沒有進入廣告代理公司……如果他乾脆去當個 YouTube 製作人……不，如果他根本沒有出生……

宰夏用盡所有他能想到的藉口，試圖解釋自己的失敗。

這麼多的回憶之中，最令他痛恨的，就是等待蓮慈女士從餐廳下班回家之前，他只能獨自待在空無一人的漆黑屋內，靠著看電影撫慰內心孤寂的童年時光。

「你最想洗去的污漬是哪一個？」

其實最一開始，人類的心就像嬰兒白嫩的肌膚。只是在人生路上這裡碰了一點、那裡磕了一下，才逐漸有了斑斑污漬。這些污漬會層層堆疊，有時也會讓心逐漸累積了皺褶。有些污漬會隨時間消失，有些皺褶會自行舒展。那些能驅動人生向前的污漬會成爲心的年輪，但沒有自然消失的污漬，卻會隨著時間的流逝成爲傷痕、痛苦或匱乏感。

即便宰夏總是笑臉迎人，但看著他的笑，織恩卻會聯想到月亮的暗面。他的眼神就像在說自己隨時都準備死去，這是曾有過相同經歷的人才看得出來的。因此當宰夏走進洗滌所時，她便一直注意著宰夏。宰夏心中的污漬不只有一、兩個，原本正在對著夜空背誦咒文的織恩，抓準了時機從天台下到二樓。情況一如她所想，原本白淨的T恤已經沾染了好幾處污漬。

「這些可以都清除掉嗎？」

注意到織恩的腳步聲，宰夏脫下那件污跡斑斑的T恤，看起來有些洩氣。畢竟這麼多年來，他總是假裝自己早已不在乎那些過去，已經假裝到連他自己都幾乎相信自己沒事了，怎知事實並非如此。看著白衣上的污漬，宰夏驚訝且五味雜陳。

第二部電影失敗之後，他選擇以約聘員工的身分進入一間廣告代理公司上班。至今五年過去，老闆每年都說「今年會讓他轉正職」，人事考核結果卻始終沒有任何改變。宰夏今年已經三十三歲，他很想搬離辦地下室、希望能擺脫非正職員工的身分。因爲現在的處境，使他即便有了心儀的對象，也不希望對方發現自己的處境。因此只要有深入交往的可能，他便會主動拉開距離。他的戀情總是膚淺且短暫，這都是他有意爲之。

該先清理哪一塊污漬？他認眞思考著。

「這不是要抹去你整段人生，不用緊張。你是不是以爲這樣就會整個人生重新來過？」

「啊……妳怎麼知道……」

宰夏尷尬地搔了搔頭。他迴避織恩的目光，只是不斷摸著那件T恤。他正在思考，若將過去留下的污漬全部洗去，是否就能夠變幸福？眼前這個說自己能夠替他洗去心靈污漬的女人，究竟是何方神聖？怎會一眼就能看穿他的想法？對方乍看之下頂多跟他同年，只是那眼神彷彿歷盡滄桑又無限溫柔，有如度過了上千年的歲月，宰夏從沒見過這樣的眼神。她身上傳來一股悲傷感，但卻是令人感到溫暖的悲傷。

宰夏有一個習慣，那就是觀察人們的眼睛。因爲人的嘴會說謊，眼睛卻不會騙人。嘴裡說出的話是經過思考的言語，但在說謊時瞳孔總會有無法抑制的細微顫抖。有些人嘴裡說著「我愛你」，眼中卻絲毫沒有一點情緒；有些人嘴裡說著「我好累」，眼中卻滿是活力與興緻盎然；有些人嘴裡說著「相信我」，眼中卻沒有一絲眞實。口中說著「媽媽很快就回來，你再等一下」的蓮慈女士，眼神裡卻是無盡的悲傷。雖然自從她開始跟新的對象一起生活之後，宰夏便再也沒看過她那悲傷的眼神，但那雙眼睛依然留在他的記憶裡。

「清理一個就好，全都清理掉了，那人生還剩下什麼呢……傷痕也是人生的一部分，就選最讓你難過的一個吧。」

織恩的眼神沒有動搖。宰夏從沒想過一個人眼神傳達的訊息，竟能跟說出來的話完全一致，這令他激動得忍不住顫抖。

「我想清理掉孤單。」

「孤單？」

「……對……以前我媽媽出門工作時，總會從外面把門反鎖，留我一個人在家裡，這讓我覺得很孤單。」

雖然記得不太清楚，但宰夏三、四歲時，應該是父親的人便離開了家。雖然不記得他的長相，但宰夏依然記得自己手中緊抓住牛仔褲的觸感。即便宰夏抓著父親的褲腳，哭著要父親別走，父親卻沒有伸手抱抱他，也沒有將他拉開，而是站在原地沒有任何反應。那深青色的牛仔褲與粗糙的觸感，至今仍清楚留在宰夏的記憶裡。

父親離開之後，蓮慈與宰夏只能搬進勉強可以躺下兩個人的小房間。沒有人能幫忙照顧宰夏，因此蓮慈只能事先準備好一天的食物，在房間裡放一個尿壺，並從外面把門反鎖再出門工作。起初宰夏會哭著要母親開門，但沒過多久宰夏便明白，要丟下年幼的自己出門，母親也總是感到不捨。因此他不再哭泣，而是把母親不知從何處撿來的電視當作朋友。雖然宰夏是一個人在屋裡，但只要打開電視，就能看見許多快樂的人。裡頭有跟他同齡的朋友、有帥氣的叔叔阿姨。看累了，他會拉一張椅子到窗邊，觀察從窗外經過的人。就這麼看到街燈亮起，蓮慈依然沒有回家。

直到宰夏等得都睡著了，蓮慈才躡手躡腳地提著好多個黑色塑膠袋回來，裡頭裝的是從餐廳打包回來的剩餘小菜。宰夏總是能從氣味察覺蓮慈回家的動靜。烤肉味、炭火味、汗水味、食物的蒸煮味、痠痛貼布味。只有在聞到蓮慈身上的味道時，他才會繼續安心地沉沉睡去。每天聞著那些氣味，不知不覺令他生厭。而宰夏不得不成爲一手包辦家務事的孩子，也是因爲他希望蓮慈身上能夠少掉一種氣味。

「我想清除在家裡等我媽媽回來的記憶。每次她從外面把門反鎖，我都會覺得很可怕，但我又不能喊出聲音。」

「你應該很孤單、很害怕吧。」

「對啊。最讓人害怕的是，我很擔心她哪天不再回來，這是我最擔心的事。

每次只要感到害怕，我都會在腦中想像電視上看過的電影。一想再想、一想再想，接著就開始想像別的故事，自己拍起電影。哈哈……很好笑吧？這就是我開始拍電影的契機。」

「一點也不好笑。這不叫做好笑，應該是悲傷吧。」

「沒錯，這很悲傷。感受到悲傷就能夠直接說自己很悲傷，這是多麼自由、多麼棒的事啊？但這可不是誰都能做到的。」

「……我明白。」

「老闆，請幫我清理掉媽媽鎖上門時，我在屋裡哭的記憶吧。」

「不要選其他讓你難過的記憶嗎？」

「我當然也想。小時候的我雖然不懂，但長大之後就明白了，我媽媽不惜這樣做也要保護我，所以我不希望那是一段悲傷的回憶。現在想想，那時的她比現在的我還要年輕，才二十九歲而已，會這麼做也是不得已啊。哈哈，我這樣想很懂事吧？」

「嗯……的確，你很懂事。」

即使宰夏早已習慣用笑容掩飾悲傷，卻無法克制嘴角因悲傷而起的顫抖。從宰夏手裡接過T恤，織恩溫柔地說：

「今天開幕，就給你一個優惠吧，買一送一。既然你已經來到我店裡了，今天就先清理你的回憶。下次你帶媽媽來，我會好好為她服務。」

「哇，真的嗎？連我媽媽也可以嗎？」

「真的，隨時歡迎你們。來，要開始囉。清除掉的污漬，永遠不會再回到你身上。清洗過後，因為污漬而衍生的其他事件，也可能會跟著清除。沒關係嗎？你不會後悔吧？」

「……對，我不後悔。不，就算後悔也沒關係。」

宰夏下定了決心，用力點點頭。要是可以，他希望能全部都遺忘。遺忘那一天、遺忘開始做電影的那一天、遺忘他受電影之神眷顧的那一天。與電影有關的任何一點痕跡，他都希望能清理得乾乾淨淨。他本想清除電影在自己身上所留下的痕跡，但仔細想過之後，他選擇清除年幼宰夏的傷痛。若想清除年幼宰夏的傷痛，就必須將蓮慈的傷痛也一起抹去。因為這對母子一起走過了那些日子，每一個夜裡他們都緊握著彼此的手，依偎著彼此，感受對方的溫度。他們每天都在祈禱，希望早晨能夠不要來。早晨一旦來臨，蓮慈便又要狠下心，再一次鎖上門離家工作。

織恩走到洗衣機前，手往前伸了出去。她的動作有如芭蕾舞者翩翩起舞一般，洗衣機隨著她的手勢開啓，將染上宰夏污漬的T恤吸了進去。

一、二、三、四、五、六、七。

洗衣機轉了七次，宰夏的眼角含著淚水。再見，孤單。再見，小宰夏。再見，那些愛過電影的時光。

「你知道人一生中，最重要的是什麼嗎？」

跟宰夏一起站在運轉中的洗衣機旁，織恩開口問道。宰夏沒有回答，只是看著織恩。織恩並不期待聽見宰夏回答，她逕自接著說下去。

「是爲了呼吸。呼吸是最重要的事。要好好呼吸，人才能活下去，對吧？」

「眞意外，答案居然是呼吸。」

「不呼吸人要怎麼活？要能好好呼吸，人才有辦法活啊。呼吸、吃飯、工作、談天說笑、感受喜悅、與人爭吵、憎恨他人，有時可以愛護他人。然後繼續工作、睡覺、走路、呼吸，這都是人生最基本的事。爲了好好吃、好好睡、好好開心……必須要有呼吸爲本。」

「呼吸啊……」

「對，只要能好好呼吸，就算碰上了問題也能努力面對。沒有誰的人生一帆風順，人生遭遇任何問題，我們能做的就只有克服。逃避或是擺脫問題，這些都不算是克服，唯有從頭到尾都不迴避那個問題，好好感受問題所帶來的一切，那才叫做克服。」

「如果要從頭到尾都不逃避才叫克服，那也太累了吧？」

「當然累啊。這很困難，但是撐過去之後，那個問題就再也不是問題了。心靈的污漬也是一樣，當你認清並接受那是一道污漬，那污漬就不再只是污漬，而會成爲心的年輪。

別太害怕活著，也別去煩惱沒人能保證的遙遠未來，畢竟根本沒人知道自己能不能活到那一天。還沒發生的事，就先別去擔心了，只要活在今天就好。好好活過今天。活過了今天，等明天成爲今天，再繼續好好過活，只要這樣就好。」

「哇……老闆，妳怎麼會知道這些？我看妳頂多只有比我大幾歲而已，卻感覺像是已經活了上千年！」

聽了宰夏的話，織恩露出一個淡淡的笑。這孩子，還眞是聰明啊，雖然織恩活得比千年還久就是了。

哐啷一聲，洗衣機門開啓，這棟建築物生成時，那如幻影一般的紅色花瓣龍捲風像一道光從中射了出來，將衣服送到宰夏面前。宰夏有些遲疑地看著安放在花瓣上的那件衣服。最深的污漬已經消失，其他的污漬則變淡了一些。花瓣像是爲了催促他接下衣服，在宰夏的兩隻手旁轉個不停。

「接過衣服，拿到天台去晾起來吧。等明天太陽升起，衣服很快就會晾乾，而你想去除的心靈污漬也會隨之消失。」

宰夏接過衣服，帶著摻雜著些許慌張與茫然的心情，愣了好一會兒。眞奇怪，現在他一點都不覺得難過。明明每天都覺得很難受的，爲何現在一點感覺也沒有？難道這間奇怪的洗滌所，眞的能把心靈的污漬去除嗎？總是選擇以笑容壓抑悲傷的宰夏，此刻收起了笑容，面無表情地往天台走去。

「這間洗滌所好怪，老闆也好怪。」

他嘀咕了兩聲，隨後叫住正準備走下樓的織恩。

「老闆，妳爲什麼要選在金盞花鎮開設這間洗滌所啊？」

宰夏的問題讓織恩停下腳步，但她並沒有轉過頭。

「……這裡的夕陽很美啊。」

「還有很多其他地方的夕陽也很美吧？」

「是很多沒錯，但這裡有『我們的小吃』美味飯捲啊。」

「什麼?!我們的小吃那個飯捲？老闆，妳是不是沒吃過眞正好吃的飯捲啊？下次跟我們一起去其他餐廳吃吃看吧。我有一個『宰其林美食指南』，蒐集了很多超好吃的餐廳喔。」

「好，有機會我們就一起去吧。」

織恩點了點頭便往樓下走去。仔細想想，那天的晚霞也像今天一樣美。就是她在金盞花鎮甦醒的那天。

「我想清除愛情留下的污漬。」

一見到織恩下樓，等待已久的延熙便激動地闔上書，迎上前去劈頭說出自己的需求。

延熙是百貨公司一樓的化妝品專櫃人員，工作時經常要接觸人群，也讓她養成習慣，只要一看到對方的臉，便會試著從面向去推測對方的個性。在百貨公司上班，就像是整天被困在一個不見天日的空間裡，極其無聊。她便是在等待客人上門的時候，培養出這樣打發時間的習慣。

容易疑神疑鬼的宰夏跟著織恩上樓後，心靈洗滌所內的空氣瞬間變得不那麼沉重了。延熙一直覺得，一個空間的氛圍不是由物品所營造，而是受身處其中的人影響。此刻，洗滌所內的空氣變得比剛才更加放鬆，不知為何，這讓她覺得織恩是個堅強卻溫柔的人。一開始，她還以為心靈洗滌所只是想以奇怪話術蠱惑人心的傳銷公司，但走進裡面一看，卻怎麼也找不到用來販售的商品。或許織恩口中的「清除心靈污漬」是眞的也說不定。不，就算不是眞的，此刻她也想相信這是真的。

「愛情怎麼會是污漬？」

織恩輕撫著延熙的肩問道。方才見她走下樓來，延熙的反應就像一隻原本蜷縮在牆角發抖的街貓，一看見拿著食物接近自己的人便歡歡喜喜地迎上前去。

「我明知道那個人在跟其他女生交往，但還是相信他最後會選擇我。其實一開始，希濟並沒有跟其他女生來往。剛交往的那三年，我們愛對方愛得死去活來。還會一整晚相互傳簡訊聊天，一直聊到早上六點，整支手機都在發燙。我們是彼此的初戀。

「希濟是個有很多夢想的人，我喜歡他雙眼發光述說夢想的樣子。我不是那種會迫切想去做一件事的人。我會去做的事，通常是因爲那件事我能做得到，或是我非做不可，但希濟跟我不一樣。他說他想挑戰作曲，我就用二十四個月分期買了台配備良好的筆記型電腦給他。後來他又說比起彈吉他更喜歡彈琴，因此我又買了一台電子琴給他。後來他說他自己寫的歌要由自己親自演唱，於是我連麥克風也買了。」

像在朗讀一篇故事，延熙目光看向空中，靜靜說出這段回憶。她後來連希濟的生活費也負擔起來，於是兩人自然而然便同居了。他們會一起去市場採購、一起做飯吃，會一起睡到日上三竿，再頂著一頭亂髮到公園散步。他們還有過笑到直不起腰的幸福時光。看著延熙沉浸在那逐漸褪色的回憶中，織恩握緊了手中的毛巾。愛情究竟是什麼呢？究竟是什麼，才能讓一個人如此打從心底深深相信另一個人？

「我很傻吧？可是當時，希濟是生活中唯一能讓我喘息的出口。他學作曲學了一段時間，又突然說想去學唱歌，接著說想去學演戲……爲了應付他上這些課程的開銷，下班之後我還去便利商店打工、到餐廳當外場服務生，只爲了支持他的夢想。既然我能賺錢，那就讓我來賺，更何況我也沒有什麼需要用錢的地方。只要希濟能實現夢想、能獲得幸福，那我也會幸福。不知從何時開始，我的夢想就變成希濟了。或許我是想透過希濟，獲得自己從來不曾有過的甜蜜希望吧。」

希濟開始學唱歌後，跟延熙的聯絡就變得斷斷續續。他說自己要練習唱歌，沒辦法隨時聯絡，延熙相信了。轉去學演戲之後，他開始好幾天不回家。隔了四天才回來的希濟，整個人酩酊大醉到一回家便倒頭就睡，之後也沒跟延熙說一聲便帶上自己的換洗衣物離開。這種情況越來越頻繁，就這樣三個月、六個月、一年……時間慢慢流逝。有時希濟會在家裡待上一整個月都不出門，有時卻又一出去就好長一段時間不回來。兩人之間早已沒了對話，身心都不再有互動。

「他撫摸我身體的感覺，就像是在履行一種義務，讓我感到冰冷又生硬。我們明明有過熱情且溫馨的時光，後來的互動卻變得十分機械化，這讓我感到很難過，便逐漸避免與他接觸。後來我們以既非戀人，也非朋友的形式一起生活了好久。

「某個星期六下午，他喝得醉醺醺地回來，說雖然對我很不好意思，但他希望我能去貸款。因爲他媽媽生病了，需要上千萬元的手術費。還說他很快會去找工作來還我這筆錢。那天，我跟希濟久違地一起吃了頓飯。他煎了一條青花魚，還煮了大醬湯。那天的白飯軟硬適中，飯粒飽滿圓潤。我們面對面坐在餐桌上，把那頓美味的晚餐吃個精光，接著很自然地度過一個長夜。那一夜比過往的任何時刻都要深刻、濃烈且熱情。我認爲他是眞心的，因爲身體不會騙人。」

希濟終於願意定下心來回到自己身邊，讓延熙覺得既苦澀卻又有些安慰。因爲他們終於能忘記過去的一切，回到彼此曾經相愛的最初。他們只要從現在開始，跟別人一樣過著平凡的家庭生活就好。延熙一直渴望擁有這樣平凡卻眞摯的家庭。

隔天，延熙請了半天假準備去辦貸款，卻在打開家中的大門準備走進屋裡時，直接愣住了。希濟放在玄關的鞋子旁，擺著一雙不屬於延熙的皮鞋。這兩雙鞋子都整整齊齊地朝外擺著。那雙陌生的皮鞋是二十三號，是一位腳偏小的女性。房間裡傳來的聲音，讓延熙痛苦地緊閉上雙眼。她該高聲喝斥嗎？還是該拍照存證？是該報警，還是該打給宰夏……她在原地站了好一會兒，隨後決定用那雙顫抖的手，拿起那名女子的鞋子走到屋外並關上大門。

「爲什麼我會拿著那雙鞋走出來，我自己也搞不懂。我狠狠將薄薄的鞋跟往樓梯一敲，鞋跟便斷了。那就像希濟跟我的關係，無比脆弱。」

織恩那一雙深邃的眼定定望著延熙，等她繼續說下去。

延熙抬起頭，接過織恩遞來的手帕擦了擦眼淚，露出一個虛弱的微笑。原來眞的有人笑起來也像在哭，織恩心想。織恩跟不知何時下樓來的宰夏，一起等待延熙繼續說下去。他們靜靜在沉默中等候。一小段沉默過去，延熙才終於開口：

「我有時候也會想，或許我花了太多時間才提分手。希濟不會拒絕別人，也從來不說不。有人來到他身邊，他就讓對方停留，有人要離開他，他也從不挽留。他似乎從來不在乎自己以外的人，是我自己想要塡補他空虛的內心。」

愛無法使所有人幸福，而延熙所面臨的狀況，則是越愛越使她枯竭。她認爲自己先付出大量的愛，對方就能以相同的感情回報。織恩往早已冷卻的茶杯裡倒入熱燙的茶，延熙伸手摸著茶杯，吞了口口水並接著說下去。

「我一直覺得，我們必須走到最後的最後，才能算是眞的結束，因此我一直堅持沒有放手。要在愛情中不讓自尊心受傷、要能夠愛得膚淺、不付出自己的眞心，還要適時欲擒故縱，這種戀愛我實在談不來。我是不是眞的很傻？」

織恩沒有回答，而是心疼地望著延熙。

「我想消除曾經愛過希濟的回憶。我想他肯定也愛過我，因爲我們在一起有過很多愉快的回憶。但也是因爲這樣，之後的每一次歡笑、每一次感到幸福的時刻，都會讓我又想起他，而這最終都會讓我感到悲傷。」

人失去了愛，都會難過、哭泣。可是最令人難過的，其實是那些因爲愛而幸福的過往，使我們無法狠下心來恨一個人。所以人們才會一直帶著那些記憶活下去。在記憶裡，我們是因爲彼此相愛而歡笑，但這樣的記憶卻使人難受。

「穿上我給妳的衣服，專注去想妳要抹去的記憶。這樣衣服上就會出現污漬。」

「出現污漬後要怎麼清洗？」

「要用什麼方式清洗，等看了污漬之後再決定。有些污漬能用洗衣機清理，有些污漬則必須手洗才能洗乾淨。」

「啊……是喔，我知道了。」

延熙穿上白色T恤開始回想。她套上衣服時，不慎將臉上的妝沾在了領口。這眞是糟透了，她心想。她覺得自己所經歷的一切，都糟糕透頂。她一直很想把這顆傷痕累累的心清洗乾淨，換上一個蓬鬆柔軟的心，但居然從一開始就這麼不順。她突然想起過去在爲希濟洗衣服的時候，也曾經發現他的領口上有不屬於自己的唇印。也想起了當時目睹他跟其他女人上床時，自己也曾經猶豫要不要當場揭穿他們，最後還是選擇躲起來的過往。這些都讓她的心陣陣抽痛，眞的好難過。

「沒關係，心痛是正常的。會心痛就代表妳是眞的付出了眞心。」

「污漬也太多了……居然把衣服弄得這麼髒。」

「因爲是污漬，當然會讓衣服髒兮兮的，這很正常。天底下哪有誰的心是沒有污漬的呢？妳先過來吧。」

跟著織恩走上樓時，延熙伸手環抱那件衣服，緊緊將沾滿污漬的衣服抱入懷中。她本以爲愛情留下的痕跡，應該是一片焦黑或有如一陣迅速消散的白煙，但此刻親眼看到衣服上的污漬，她覺得有些惆悵。她緊抱著曾經愛過的回憶，就像抱著希濟。

「太好了。」

「什麼太好了？」

「不，沒什麼。妳現在不是用飄的，改用走的了啊？」

「是啊，我想練習讓自己走走路。走吧，我們去手洗室。」

走在延熙前頭領路的織恩，腳步輕盈且優雅。

來到二樓，打開一旁的木門，眼前是與方才截然不同的空間。房間的牆面是一片雪白，舒適的燈光照耀下，清澈的水流在房間內悠悠流淌。宛如走入森林，來到小溪邊的洗衣場一樣，讓延熙幾乎要驚呼出聲。她趕緊摀住了自己的嘴。

「……天啊，怎麼會有這種地方？這裡怎麼會有溪水？」

「因爲這裡是心靈洗滌所。」

「妳會使用魔法之類的東西嗎？」

「不算是魔法啦，就是類似的東西。這裡很不錯吧？以前我住的村子就是這個樣子。」

見織恩帶著淺淺的微笑，不知爲何，延熙竟覺得那表情透著些許悲傷。延熙點點頭，脫下了穿在身上的T恤。

「用這水來洗，就能把污漬洗乾淨嗎？」

「嗯，如果是能洗淨的污漬，那妳越洗污漬的顏色就會越淡。但如果是妳不想洗去的污漬，也可以隨時停下來，這是妳的選擇。」

織恩將白色的肥皂與洗衣桶遞給延熙，隨後便離開了手洗室。獨自留在手洗室內的延熙，看著手中污跡斑斑的T恤，卻突然有些遲疑起來。去除了曾經愛過的回憶，那她究竟還會剩下什麼？愛情離去後，還會留下些什麼？此刻，她感覺自己既想清除污漬，又不想清除污漬。這種矛盾的心情，究竟該如何解讀？

「啊，不管了，別想那麼多了，先把衣服泡進水裡再說。這輩子哪還能有這種機會啊？」

延熙下定決心，挽起了自己的袖子，用白色的洗衣桶裝了些水，並把手上的T恤沾濕。那一刻，她眼前的牆壁亮起一道光，記憶的畫面隨即在眼前閃現。

與他初次相遇的悸動；走在路上手指不經意地輕碰，隨後不約而同緊握住彼此的手；發薪日那天，在租屋處的頂樓烤五花肉吃的美味過往；彼此緊緊相擁的每一天；他來接自己下班的日子；假日一起睡到日正當中，起床後煮碗泡麵來吃，再穿著拖鞋到附近的小超市買冰淇淋，在巷弄裡邊散步邊吃的回憶；在地鐵裡一人戴一邊耳機聽的那首歌；心跳幾乎同步的曾經；光采奪目的笑容；同理彼此的痛苦；空出肩膀讓對方能依靠自己的疼惜；還有當延熙因日見深沉的孤寂，而渴望能獲得一絲慰藉時，希濟卻嫌麻煩而忍不住發出的嘆息；以及希望愛情不要離去，而怎麼也不肯放開的執拗擁抱。

在延熙眼前閃現的一切，都帶給她幸福勝過於悲傷的感受。待在他身邊時，自己總能歡笑、總能感到幸福。

「我……當時眞的很愛他，那時的我眞的好美。」

其實延熙很清楚希濟已不再愛自己，卻仍無法輕易提出分手。即使希濟已經對這段關係感到厭倦，卻無法甩開受孤獨所苦的延熙，最後只能選擇同時跟其他人交往。延熙明知道希濟爲何這麼做，仍假裝視而不見。沒錯，這一切都是他們兩人的決定。是他們決定相愛、決定分手，這都是他們一起做的決定。

之前延熙無法接受分手，於是選擇憎恨希濟。又因爲分手之後，即便她思念希濟，對方卻不會再出現在自己面前，而更加憎恨。延熙就這麼以憎恨爲藉口，明目張膽的思念希濟。她珍惜那段曾經深愛過的時光，選擇藉著憎恨延長保存期限，而不是選擇澈底遺忘。她明知道這份心意使她殘破不堪，卻仍選擇這麼做。當她越是費心保存記憶，心就磨損得越嚴重，因此新的愛情所能進駐的空間便越來越少，現在是時候停止這一切了。她必須爲不知何時會來臨，不，應該說要爲必定會來臨的下一次愛情留下一些空位。

「對不起……謝謝你……我很想你，還有，我曾經深愛過你。」

抱著流逝的記憶碎片，延熙從洗衣桶裡將T恤拿出並擁入懷裡，上頭還留著洗到一半的污漬。

織恩不知何時來到她身旁，手輕輕搭在她的肩上，告訴她「憎恨」與「埋怨」造成的污漬只清洗掉了一半。

「我想洗到這裡就好，曾經愛過的回憶，我想好好珍藏起來。」

即使希濟並不在這裡，延熙仍然嚎啕大哭，像是刻意要哭給他聽一樣。即便是跟希濟分手當時，她也不曾哭得這麼慘。延熙的眼淚落入洗衣場內潺潺流淌的水中，溪水隨即發出一道光芒。水流成了紅色花瓣龍捲風，將延熙送上了天台。

「什麼啊？實際來到這裡一看，發現根本一點都不神奇……」

吞下眼淚的延熙，乘著龍捲風來到天台，走到一排曬衣繩前。剛才從一樓往上看，還覺得晾在這上頭的衣服無比白皙。能把污漬洗得這麼乾淨，她本來還覺得有些神奇，但這時走近一看才發現，衣服上頭大多都有深淺不一的污漬。有些衣服是純白潔淨，也有些衣服在不同部位留有污漬。這些都是誰的衣服呢？越過別人晾在那的衣服，延熙緩緩把自己手上的T恤掛到曬衣繩上。

延熙決定停止埋怨。她雖是因爲感到孤單而選擇以愛情撫慰自己，但愛情無法平息她的孤單。當她越是空虛寂寞，她就越是執著於希濟，這也使希濟更加遠離自己。延熙不願承認兩人漸行漸遠，一直努力挽回。然而最後使她受傷的並不是遠離她的希濟，而是努力想挽回對方的自己。她從來不知道，愛情會像季節流轉一樣自然消逝。春天之後的季節，有可能不是夏天，而是冬天。

愛情結束之後，她才知道即便那份愛充滿悔恨，卻仍留下了一些痕跡。

愛過的記憶並沒有失去力量，而是留存在她心中，散發著強烈的光芒。那些記憶不會被遺忘，而是好好活在她的心中。鮮活的記憶能使生命充滿生機，逐漸成爲能在未來拿出來檢視的美好追憶。回想起曾經幸福的自己、曾經耀眼的自己、曾經幸福的兩人，想必就能灌溉她那顆枯槁的心。現在她終於眞的能跟希濟道別。這一次的道別沒有充斥憎恨與埋怨，而是要藉著思念來珍藏這段過往。

看著延熙將污漬淡去的衣服晾在曬衣繩上，織恩走到她身旁。從延熙的表情之中，能夠感受到一個人放下執著時發自內心的平靜。

「我活得比妳想像的還要久，所以我其實可以給妳一些建議，但我決定不說出這些建議，而是送妳一份禮物。」

「但妳看起來比我還年輕耶。」

「嗯，我常聽別人說我娃娃臉。來，妳穿上這個。」

織恩拿出一件T恤給她，那件T恤右邊胸口的位置，印有一個小小的心型圖案。

「這個圖案眞美。」

延熙看著圖案，隨後便將T恤套在自己原本的衣服外頭。穿上經過陽光充分曝曬，無比乾爽的衣服，她的內心深處升起一股莫名的勇氣。世上的每個人都是一棵孤單的大樹，因此誰都不該依靠誰，而是必須仰賴自己的力量挺立。這眞是個奇異的夜晚，現在她竟然有了過去所沒有的勇氣。

「剛才在洗衣服的時候，越洗我就想起越多回憶。在戀愛中的我眞的非常幸福，但我會笑得這麼幸福，並不是因爲我正在愛一個人，而是因爲我非常珍惜爲了目標而努力的自己，所以我不想抹去那些污漬。無論回憶是痛苦還是美好，我都要順其自然。我也會比任何人都更愛我自己。」

延熙以顫抖的聲音說完這段話後，織恩接著開口。

「就笑吧，有如妳活得很幸福那般。」

「不幸福也要笑嗎？」

「對。人的大腦很單純，很容易被騙。聽說大腦無法區分人是眞幸福還是假幸福，因此就算是假笑，大腦也會以爲妳是眞的幸福，進而感到快樂。這是一種跟大腦開玩笑的方法。」

「什麼？跟大腦開玩笑？」

「試試看吧。大腦聽到這個玩笑之後，肯定會讓妳露出笑容。懂得逗自己笑的人，一定也能吸引好人來到自己身邊。」

織恩用兩手食指支起嘴角，做出一個笑容。延熙見狀，便也跟著用兩根手指支起自己的嘴角。兩人眼中沒有笑意，只用手指支起嘴角，卻在迎上彼此的視線之後衝著對方眞的笑了出來。

「哎呀，什麼啦，老闆，妳應該不知道笑的方法吧？」

「我當然知道啊，我要是不知道，還會跟妳說這些嗎？」

兩人對看了好一陣子，隨後便笑到連腰都直不起來。織恩似乎也好久沒笑得這麼開心了。原來笑是這種感覺，的確很值得跟大腦開個玩笑。

「其實啊，我也是選擇從今天開始要常常面帶笑容。雖然不能選擇人生要往哪個方向前進，但我能夠選擇自己是要哭還是要笑。」

「天啊，老闆，妳也無法選擇自己人生的方向嗎？」

延熙驚訝地問。而織恩臉上的笑容逐漸消失。

「如果能夠選擇，那我現在就不會在這了。夜裡的風很涼，我們該下去了。」

織恩轉身離去。看著她莫名淒涼的背影，延熙不知爲何很想抱抱她。

延熙突然想到一段話，便從口袋裡掏出筆來，脫下穿在身上的衣服，並把那段話寫在衣服上。

跳舞吧，
如同沒有人欣賞一樣。
去愛吧，
如同不曾受過傷一樣。
高歌吧，
如同沒有人聆聽一樣。
工作吧，

如同不需要金錢一樣。
去活吧，
如同今天是此生最後之日一樣。

——艾弗雷德・德・索薩

寫好之後再一次套上衣服，延熙開始覺得自己很喜歡這間洗滌所。

「老闆，等等我！以後我跟宰夏有空可以來這裡玩嗎？」

「這裡是洗滌所，可不是讓你們玩的地方。」

「我看妳是一個人經營這間店，我們偶爾也可以幫幫妳啊。我們是妳開張後的第一組客人，爲了紀念，我去買燒酒來慶祝。啊，還是妳比較喜歡喝紅酒？」

「我不喝酒。而且，你們也該回去了。你們明天不用上班嗎？天就快亮了喔。」

「今天是星期六耶。好吧，那今天我們就先回去，以後我們還要一起笑喔，老闆。」

希望。這個詞彷彿能讓每一件事情都無比順利。好久不曾感受到這樣的悸動，延熙轉過身，帶著微笑看了一眼天台上的衣服，便跟著下樓去了。此刻，她覺得心情無比平靜。她突然有些在意那個以洗滌所老闆自居的女子。她趕忙追上織恩並問道：

「那個……呃……老闆！」

「怎麼了？」

「妳以前住的村子是個怎樣的地方？」

「妳跟宰夏一定是好朋友吧？」

「對啊，妳怎麼知道？」

「妳們兩個都是好奇寶寶，問了一樣的問題。別問這些沒用的事情了，快回家吧，我累了。」

織恩轉過身去望向窗外。只見她雙手抱胸並閉上雙眼，彷彿站著入睡一樣，一動也不動。延熙與宰夏躡手躡腳離開，避免弄出聲響打擾到織恩的睡眠。

「小姐，妳聽得到我的聲音嗎？聽到的話請眨眨眼。」

銀星在吵雜聲中睜開眼睛。眨、眨，她長長的睫毛緩緩開合了兩次。這小小的動作竟使她感到十分吃力，她再次閉上眼，呼吸逐漸平穩，彷彿陷入沉睡。病房裡的兩名護理師，看著銀星的臉悄聲說道：

「躺在那邊那個女的是藝人嗎？我好像在哪看過她。」

「她有上過電視吧？就那個什麼網……紅……？妳知道的啊，Instagram 追蹤數很多的網路名人。」

「是說網紅吧？她的追蹤人數有多少啊？」

「我上次看好像有一百萬，要不要來看看有沒有增加啊？」

「不用了啦。她爲什麼要一口氣吃這麼多安眠藥？」

「不曉得耶。我要是她，肯定會謝謝老天給自己這麼好的運氣，好好珍惜自己的生活，哪裡還會沒事吞什麼安眠藥。我記得她好像前幾個月也進來過一次。」

「對啊，光是我們醫院就來過兩次還三次了吧？她年紀還這麼輕耶……嘖嘖。」

「那時候她的家人還一下子全部跑來醫院，在這裡哭天搶地的。」

「上次她在Instagram上團購的保養品，新聞是不是說含有什麼有害成分？」

「對啊，有出什麼大問題嗎？」

「沒有啦，就是那產品是標榜天然成分，但實際的成分好像不太一樣。很多人留負評，說擦了以後臉上都會長東西，現在甚至還有人特別創設帳號說她壞話。」

「嘖嘖……她才二十三歲，居然就已經開始說謊騙人買她開發的保養品？」

「那哪裡是她開發的？肯定是不知道從哪進貨，抽一點團購佣金啦。我看她好像有發文道歉，還用自己的錢退款給消費者，然後又去做流浪狗愛心志工。其實我也有追蹤她啦，因爲眞的太羨慕她了，好希望自己能活得跟她一樣。哎呀，走吧，有人呼叫了。」

「走吧。我們要不要也拍照傳到Instagram，說她還沒醒過來啊？」

「不行啦！上次有個實習護理師就做過這種事，結果被告，還被醫院懲處耶！妳都忘了嗎？趁她醒來之前趕快走吧。」

「喔……好啦，那走吧。不過，她睡著的樣子也好美喔，眞羨慕她！」

兩名護理師離開病房。聽見病房門關上的聲音，銀星才睜開眼。

又開始了。

好累，又失敗了，又活過來了。到底該吃多少顆安眠藥，才有辦法在睡夢中死去？她嘆了口氣，眨了眨眼睛，隨後又閉上眼。現在這個時候，相關的新聞應該已經滿天飛了。這一切眞令人感到疲憊。銀星拉起被子蓋住自己的頭，她心想，眞的好想結束這一切的煎熬。

早晨再度來臨。雖沒有鬧鈴將她叫醒，但她已經自動睜開雙眼。聽說安靜的臥室有助於改善失眠症狀，因此她將指針行進時會發出細微聲響的時鐘也搬出臥室，只留下最少量的家具。只不過即便做到這個地步，她的失眠問題仍然不見起色。

「唉唷，頭好痛……我的手機去哪了？」

每一次藉著安眠藥入睡，醒來後總是頭痛欲裂。不知是不是身體產生了抗藥性，現在她已經無法只靠一顆安眠藥入睡。雖然吃下了一顆安眠藥，卻始終無比清醒。無奈之下，銀星只能再補吃一顆，如果還是無法入睡，那就只能再吃一顆。整晚，她就這樣分好幾次吃安眠藥，斷斷續續地小睡了一點。與其徹夜未眠，她寧願選擇靠著藥物短暫入睡。只不過每一次醒來，頭都痛到她受不了。

「今天要上傳什麼照片才好？啊，我的手機……」

銀星感覺自己的身體無比沉重，深陷在床上差點爬不起來。她撐起疲憊的身子，伸手往床頭櫃去摸手機。摘下眼罩，她勉強自己撐開沉重的眼皮，打開了Instagram。快速確認追蹤數、確認按讚數與留言。銀星是網路上代表漂亮、幸福、健康的時代象徵。

「這則貼文有三十萬個讚，但昨天上傳的怎麼只有三萬？啊……到底哪裡有問題？這是業配廣告，按讚數跟留言數一定要衝高耶，眞是糟糕。」

每天早上，她的情緒都會因按讚數而起伏，因爲貼文的按讚數就是她的生命泉源。貼文表現不佳帶來的不安，會使她習慣性地咬指甲。

「擁有一百八十九萬Instagram追蹤數的網路名人」是人們給銀星的頭銜。十多歲時，她成爲模特兒。爲了保持身材，她曾採用極限減重方式，藉著整整一個月只喝水來減下十公斤，而這也使她搞壞了身體健康。後來她開始運動、養成正確的飲食習慣，並把自己閱讀、陶冶心性的過程上傳到Instagram，這樣的分享使她一下子大受歡迎，成了十幾、二十歲年輕女性的理想目標。這就是人們口中所說的「爆紅」。她在網路上發表的言論既有魅力又符合時代潮流，這爲她吸引了更多追蹤者，使她日常的舉手投足都成爲人們的討論話題。

人氣帶來更多的人氣，又帶來大量的廣告。起初她確實感到新鮮且享受，爲了多賺點錢、多獲得一些「讚」，她會拍攝更能吸引大家注意的內容。她接受高級服飾、包包、鞋子、裝飾華麗的店家與進口車的贊助，也會受名號響亮的時尚品牌邀請前往參加時裝秀。只要她上傳照片就能引發話題，而話題會帶起另一個話題，記者便不斷產出與她有關的新聞報導。銀星的Instagram帳號，變得越來越豐富。

即便在網路上過著如此多采多姿的生活，現實中的銀星卻沒有能分享心事的朋友。高中退學後她便開始工作，幾乎沒有機會交到同齡的朋友。雖然退學後銀星立刻展開模特兒生涯、成爲網路名人，並開始跟比自己成熟許多的大人一起工作。即便平時被華麗美好的事物所包圍，工作也無比順心，但獨處時的她卻一點也不快樂。明明賺了很多錢，還變得越來越出名，這一切都是如此輝煌燦爛，可是她實在太孤單了，以至於後來沒有工作或獨處的時候，銀星總會呆坐在關了燈的房間裡哭泣。但即便必須忍受這些孤獨，她仍覺得這一切很值得，因爲家人需要她，至少還有家人在身邊陪伴著她。

「我只剩下家人了，我也只要有家人就夠了。」

銀星是三姊弟中的長女。她靠著自己賺來的錢，讓全家人從只有兩個房間的老舊公寓，搬到約有五十坪的江南高級公寓。記得小時候就連想吃炸雞，都會害怕給父母帶來壓力，如今只要她多賺一點錢，父母便不會再爲錢起爭執，她也不需要天天提心吊膽，忙著在父母吵架時捂住弟妹的耳朵。她一心認爲，只要能多賺一點錢，讓他們一家人不需要再租房子，那他們就能獲得幸福。她一心認爲只要這樣，就能從此幸福快樂，可是……

「銀星，媽媽想要那個百貨公司的VI……妳知道的吧？就是有錢人家的貴婦在百貨公司花錢，就能加入一個團體去喝咖啡。我想買百貨公司那個什麼茉莉花茶還是紅茶的套組湊消費額，妳幫我調高信用卡的額度吧。」

「爸爸這次想要開創一個新事業……」

「姊，我想當 YouTuber，妳幫我買些設備吧。剛起步而已，妳可以幫幫我嗎？」

「姊，Gucci 出了新的包，我可以買吧？」

任何一個家人只要跟銀星對上眼，便開始向她要錢。銀星記得自己開始賺錢之前，每當全家人一起叫一隻炸雞來吃的時候，她總會先行退讓，把自己的份讓出來，只希望能讓家人多吃一點。滿足家人的需求，對她來說就是幸福，只是現在……如果她因爲負擔太大拒絕這些要求，家人便會異口同聲地譴責銀星。

銀星害怕失去與她最親近的家人，因此爲了實現他們的願望、滿足他們的需求，只好繼續找能賺錢的工作。幾個月前，她開始藉著團購服飾、減肥食品、保養品、電器等商品賺抽成。天眞的她對廠商的說詞深信不疑，在不曉得產品根本未經檢驗的狀況下，便開了天然保養品的團購，追蹤者則因爲相信她而購買這些保養品。沒想到擦了之後，開始有人出現肌膚泛紅、出血、搔癢和發炎等問題。這樣的疏失，讓許多討厭她的人見縫插針，趁機開設帳號公然批評她。銀星被消費者告上法庭，這讓她很害怕。事發後，她打電話給媽媽想尋求安慰。

「媽……我……那個……」

「哎呀，孩子，媽媽在高爾夫球場，妳提高信用卡的額度了嗎？打完球後媽媽還要請大家吃飯。」

「不是啦，媽，現在不是在高爾夫球場請吃飯的時候，我……」

「先這樣啦，輪到我打球了！別忘囉，記得幫我調高額度喔！」

銀星嘆了口氣，這次改打電話給爸爸。第一次遭遇這種事，讓她相當恐懼。批評她的留言接連不斷，網路新聞的留言區也滿滿都是惡評。當時用盡花言巧語，說會給她抽三成手續費的保養品工廠老闆，此時則已經失聯。她好害怕，總覺得這世上的人都知道她做了什麼事、都在批評她。

「爸……那個，我……」

打了五次才終於接通，沒想到爸爸接起電話劈頭就喊：

「妳的事情在網路上鬧得很大！到底是怎麼回事？」

「事情是這樣的……」

「今天是我的保健食品公司開幕日，妳怎麼能鬧出這種新聞？妳現在立刻去拍道歉用的照片，上傳一篇道歉文，跟大家說妳很抱歉！」

「……」

銀星默默掛上電話。確實，她必須先發布道歉文，然後再退款給消費者……還有什麼需要做的？發訊息給委任律師後，她看著不斷跳出通知的手機，心一橫，她決定直接關機。關機後，手機畫面就澈底消失，她眞希望自己也能像這樣，澈底消失在世界上。瘦得像紙片的銀星脫下身上華美的服飾，換上府綢質料的白色睡衣，緩步朝著梳妝台走去。她伸手往抽屜深處，摸出積攢下來的安眠藥。希望能結束這一切的痛苦，拜託了。

「咳、咳……啊……頭好痛。我的頭怎麼會這麼痛？這裡又是哪裡？我爲什麼會在車上？」

頭痛欲裂的銀星是咳醒的。她拿起駕駛座旁的礦泉水喝了幾口，潤了潤乾渴的喉嚨。她好不容易回過神來，將放倒的車子椅背重新立起，隨後看了看四周。

她人究竟在哪裡？她踉踉蹌蹌地走下車查看。

她記得自己上一次醒來明明是在醫院，卻怎麼也想不起自己是什麼時候開車來到這個地方。她彎下腰，透過後照鏡看了看自己，才發現她臉上化著妝，身上還穿著斜紋軟呢質料的套裝。她站直了身子，透過駕駛座的車窗檢視自己的模樣，才發現她還特地做了髮型，看起來就像是才去了趟美髮沙龍做造型，並以模特兒的身分參加完時裝秀。但她想不通，自己怎麼會做了這樣一身打扮，跑來這麼陌生的地方？天啊，頭眞的好痛。這疼痛感並不陌生，只是她始終無法習慣。如果有一天，她習慣了孤獨與痛苦，那這些疼痛的感覺是否就會消失？她抬起左手，摸著自己的頭並看了四周。

「天啊……這裡是大海，旁邊是城市……有城市跟海相連在一起！哇……！」

久違的陌生風景，她不自覺讚嘆了起來。不知有多久沒在這樣空無一人的地方看海了。令人心情舒暢的海風輕撫過她的雙頰，她輕輕閉上眼，感覺好平靜。她張開雙手感受著風，怎麼回事？爲什麼有這種充滿活力的感覺？在陌生的城市裡，她竟沒有一點擔憂。就連瀰漫著濃霧的天空，都讓她感到自在。她深吸了口氣，潮濕的空氣使她暢快。

「海水的鹹味……好像整個人都活過來了。」

感受著吸入肺裡的空氣，她試著往前走，卻不小心絆到了石頭，只能在原地停下。她脫下高度達九公分的高跟鞋，在小腿頻頻傳來痠痛感的伴隨之下，一手拎著一隻鞋子赤腳走回汽車旁。她打開後車廂，將高跟鞋隨手丟了進去，並將收在鞋盒裡的運動鞋拿了出來。由於她必須配合服裝更換鞋子，因此後車廂裡滿滿的都是鞋盒。

即便是安眠藥的副作用，這些幻覺跟夢遊似乎也都有些太超過了。從模特兒時期起，她便飽受嚴重的失眠所苦，因而獲得醫生開立安眠藥的處方。服藥後只要十五分鐘就能入睡的喜悅，讓她持續使用至今。只不過，她漸漸無法只靠一顆安眠藥入睡，每增加一次藥量，醫師都警告她可能產生的副作用。但比起喝酒，靠安眠藥入睡還是比較好吧？總是要睡覺才能工作、要睡覺才能拍照賺錢啊。如果不靠安眠藥，那她會一直聽到蚊子在耳邊嗡嗡作響，那聲音令她怎麼也無法入睡。

「這裡真的好美……！感覺好像來到了世界盡頭。在這麼高的地方居然有個城鎮，還可以看到海！拍下來傳到社群上，應該會被讚爆吧。要不要在這裡拍一些社群用的旅行素材呢？哎呀，我的手機沒電了。糟糕，我把充電器放在哪呢？現在應該有一堆重要的電話跟訊息，天啊，我頭好痛……」

得先找到能幫手機充電的地方，她得拍點素材回去。如果想拍照，那就得換一套衣服，這裡有沒有能買衣服的地方？如果能更換一下外套夾克什麼，看起來就會像是不同天拍的照片。她的腦海中一下子湧出一堆想法。她急切地想找充電器，因爲她擔心只要一天沒發文，追蹤數就會往下掉。不知不覺間，她早已熟悉了這樣的強迫與不安，遺忘了生活的平靜與喜悅。現實中的自己活得雖然不快樂，但出現在那四方形照片裡的她，必須是全世界最開心的人。

「不管在哪裡，只要開心就好。」每一次身處在無比華麗的環境，卻感到無比的孤單與空虛時，她總會這麼想。因爲若不這麼想，她幾乎撐不下去。沒有工作的時候，她會把自己關在漆黑的房間裡哭。鏡頭外的她是黑暗的。相機一開，她的開關也跟著打開；相機一關，她的開關也跟著關閉。雖然很想查明讓自己如此痛苦的原因，卻又害怕知道眞相。她很好奇，若她這樣繼續忠實扮演自己的角色，這一切會不會有結束的一天？說來說去，她還是得趕快拍照、拍影片才行。

「等等我要開直播。有沒有能買衣服、適合開直播的咖啡廳？我得在這裡繞一下看看。好想喝杯好喝的咖啡，想喝多加一份濃縮的冰美式。先找找看有沒有咖啡廳吧。」

早已熟悉獨處的她，像平時一樣自言自語地走著。不知爲何，這座陌生的城鎮令她感到莫名熟悉且自在。沿途上，她看到幾棟簡樸卻乾淨整齊的住宅。她欣賞著街邊小盆栽，同時也不禁好奇，這樣的小地方會有咖啡廳嗎？

這時，一名將黑色長髮綁成一束馬尾，身上穿著鮮豔紅花洋裝的女子走過。如果是那個人，應該會知道哪裡有咖啡廳，來問問她吧。兩人對上了眼，銀星開口問道：

「那個……不好意思，請問這附近有咖啡廳或服飾店嗎？」

「咖啡廳？這裡沒有耶，妳得走到最下面喔。妳是第一次來這裡嗎？」

「啊……對，我好像迷路了……我得換一下衣服開 Instagram 的直播。」

「直播？」

「對……請問，妳不認識我嗎？」

「嗯……妳是……？」

「啊，看來妳應該沒有在用Instagram吧？哈哈，我也有拍電視廣告的說。」

過去凡是遇見銀星的人都認得她是誰，因此眼前這名女子竟然不認得她，令她十分驚訝。她怎麼會不認識我？難道是假裝不認識？銀星抿了抿小巧美麗的嘴唇，思考著心中的疑問。而織恩似乎是猜到了她的想法，便說道：

「嗯……雖然不知道什麼是Instagram，但我確實沒有在用，我也不看電視，只聽電台。」

「天啊，太令人傻眼了，現在還有聽電台的人喔？妳真的不認識我嗎？」

「對，不認識，但是我打算從現在開始認識。妳叫什麼名字？」

「銀星。妳搜尋一下，應該能找到我的消息！」

「好，我會搜尋看看。話說回來，雖然我開的不是服飾店而是洗滌所，但如果妳需要衣服，要不要我借妳？」

「真的嗎？真是太感謝了！妳借給我的衣服，我回家後會洗乾淨再還給妳的。那我的裙子有點皺了，也可以麻煩妳幫我燙嗎？」

「我跟妳說，我現在正要去上班，妳就跟我來吧。」

「好啊，姊姊！我可以叫妳姊姊嗎？我今年二十三歲，妳應該比我大吧？」

銀星一把勾住織恩的手發問，織恩僅以點頭回應。與織恩視線交會的那一刻，銀星有股想把內心話全告訴這個人的衝動。是因爲很少有機會能說說自己的內心話嗎？她跟這個陌生人對視的時候，莫名地被她深邃的雙眼吸引，彷彿自己所有的情緒瞬間消失無蹤，所有的武裝都被卸除，只想將心事統統說給她聽。

織恩一大清早就看到銀星的車子。當時她打開洗滌所的門正打算回家，卻聽見跑車呼嘯而過的聲音。她不安地停下腳步，刺眼的車頭燈令她忍不住皺起眉頭。一大清早，是誰這麼沒有禮貌？隨後車子熄火，她看見一名女子淚流滿面，靜靜坐在駕駛座上。從她的眼神中，織恩看不到任何求生的慾望，那樣的眼神她無比熟悉。她煩惱著是否要派花瓣去把那名女子帶過來，但最後還是決定等她自己醒來。

幾小時後，她看到銀星醒來並自行下車，於是她刻意經過銀星身旁。看在織恩眼裡，銀星就像翅膀受了傷又迷路的小鳥。不過，令織恩意外的是，銀星一見到她，便開口詢問咖啡廳跟服飾店的事。她想必是肚子餓了，但這不是應該要先找便利商店或餐廳才對嗎？不對，她應該要先問這裡是哪裡。沒想到對那孩子來說，最重要的事情既不是吃飯，也不是弄清楚自己身在何方，而是要趕緊拍照片、影片來確保按讚數。這孩子彷彿只剩下一具空殼，拚命拍動翅膀掙扎，只爲了生存。

生命中的任何偶然其實都不是偶然，而是一種必然。與人相遇，是因爲在那一刻兩人必然相遇。人之所以會抵達一個地方，是因爲在那一刻你必然要去到那裡。那孩子現在肯定是必須來到我身旁，所以才會到這來的吧？織恩心想。看著那一輛顯眼的紅色跑車，織恩有預感，她會是心靈洗滌所的第三位客人。

「對了，妳吃飯了嗎？」

「沒有，但我不吃也沒關係！我現在在減肥，所以一天只吃一餐。我得維持自己的身材，讓自己能穿得下XS的衣服。」

「我其實食量也不大，但我今天有點餓了，等等要不要一起吃紫菜飯捲？洗滌所旁邊有一間賣飯捲的小吃店。嗯……味道……還不……差。」

邀請他人一同用餐，讓織恩感到十分陌生。跟他人一起用餐這件事，一直讓她很不自在。一邊進食一邊聊天，不就是一種分享生活的行爲嗎？她並不習慣這種事。沒想到她竟下意識邀請銀星一起用餐，連她自己都嚇了一跳。

「那裡有賣辣炒年糕嗎？我想吃辣炒年糕……！」

「妳喜歡辣炒年糕啊？那裡當然有賣！」

「哇，眞的嗎？我超愛吃辣炒年糕的。姊姊，妳喜歡小麥做的年糕，還是米做的年糕？我兩種都很愛喔。眞正的辣炒年糕愛好者，絕對不會去挑年糕的原料。不過媽媽因爲怕我胖，所以一直不讓我吃辣炒年糕。那明明是我最愛的東西……」

因爲能吃到辣炒年糕，使銀星比平時更加雀躍，只見她開心地跟在織恩身後。不管年糕是用米還是小麥做的，那都不重要，世上所有的辣炒年糕都好吃！還要再點血腸，沾點炒年糕的醬汁一起吃，我也要吃紫菜飯捲。啊，那裡有賣炸物嗎？該怎麼點才好？眞的好開心！銀星帶著久違的雀躍心情，一邊喃喃自語，一邊跟著織恩走到洗滌所門口。

「天啊，姊姊，這裡是洗滌所嗎？根本就像世界盡頭的咖啡館嘛！我看過一間位在愛爾蘭的咖啡館照片，這間洗滌所跟那間咖啡館好像！門口這種花叫什麼名字啊？」

「叫凌霄花，這是一種只在夏天開的花，今天居然開了，真的很特別。平常開的都是紅色的山茶花。」

「現在不是秋天嗎？」

「是秋天沒錯，但它在這裡也能開，以後我再解釋給妳聽吧。」

「姊姊好厲害喔！」

銀星心想，只要手機能夠充電，那這個如咖啡廳一樣舒適美麗的空間，絕對有開直播的價值。位在這座濃霧籠罩的城鎮頂端，充滿神祕氣息的空間，有花與藤蔓圍繞的美麗入口、優美的燈光，甚至連外頭的景緻都美不勝收。興奮的銀星嘰嘰喳喳說個不停，就像個充滿好奇心的高中生一樣，雙眼閃閃發亮。昨天她還痛苦得想尋死，今天竟然能感到如此快樂，眞是連她自己都覺得陌生，好久沒這麼興奮了。

這是新奇的一天。走在前面的那位姊姊似乎沒化什麼妝，但爲何能散發如此神祕的魅力？銀星想著一定要問問她的保養祕訣，便主動開口跟織恩搭話。

「姊姊！這裡眞的好棒！怎麼會有這麼漂亮的洗滌所？」

「很漂亮吧？找個喜歡的地方坐下吧，倘若想參觀的話，也可以隨意看看。」

「哇，我真的好喜歡這樣的空間。我要傳個限時動態，預告等等要開直播！啊，對了，姊姊，妳有手機充電器嗎？」

「手機給我吧，我幫妳充。我這裡沒有咖啡，只有茶，泡茶給妳喝好嗎？」

「好啊！謝謝！」

銀星雙手合十在胸口表達感謝，接著便好奇地參觀起洗滌所。這是個能讓溫暖陽光透進室內的空間，還有衣服清洗乾淨後發出的香味，讓人聯想到溫馨幸福的回憶。記得小時候被媽媽抱在懷裡的時候，總能聞到這股味道。等等，我們現在是在哪一區啊？銀星突然想到，她忘了問這件事。

咔噠。

巨大的木門猛然被推開，一名男子走了進來。他朝銀星所在的方向看了一眼，隨後朝銀星點了個頭示意，便對著織恩大聲喊道：

「老闆，等等我們下班後要不要一起喝杯紅酒？」

「宰夏，是你嗎？我跟延熙說過了，我不喝酒。」

「酒這麼棒，爲什麼不喝啦？小醉一下，人生多享受！我們就先從罐裝啤酒開始吧。啤酒一瓶、燒酒一杯、馬格利一杯、紅酒一杯、威士忌一杯，我們這樣喝一輪，測試一下老闆最適合哪一種酒，妳覺得怎樣？」

「爲什麼要每一種……你辭掉廣告公司的工作啦？」

「老闆，妳是用了魔法嗎？妳怎麼知道我今天去面試了？我投了履歷到能提供正職職位的公司，順利的話希望可以離職。我想好好發揮我的專長！我已經不想去管大家會怎麼講我、會在我背後說什麼閒話了，我就是想做廣告！」

「發揮專長對你來說很有意義吧？這是你的人生，你想怎麼樣就怎麼樣啊，照著你想做的去做就好，別在意。」

「哇，眞的是沒辦法對老闆說謊耶。老實說，妳是不是用了讀心術？」

「哈……拍電影拍到一半跑去廣告公司上班，然後再換到願意給你正職職位的公司，會有人說你什麼嗎？就算有那又怎樣？這可是你的人生啊。眼前有路就去走走看，如果覺得不對，再退回來就是了。不要在意別人的想法，照你想做的去做。如果你認爲這是對的，那就是對的，別去管其他人，做就是了。而且啊，別人其實不像你想的那麼在乎你啦。」

「別人其實不像我想的那麼在乎我……真是一語驚醒夢中人。哇……其實我去考了侍酒師的證照，這禮拜已經通過紅酒公司的書面審查階段了。妳怎麼都知道我做了什麼？一開始我還想，我原本是個只喝燒酒的傢伙，何必突然跑去碰什麼紅酒。後來偶然去參加紅酒試飲會，才有機會聽到全國最好的侍酒師講課。那是一位頭髮花白，年紀大約七十五歲左右的爺爺。聽說他年輕時過得很苦，一開始是飯店的門房，後來到餐廳工作，從外場服務生做到侍酒師。看他的眼睛閃閃發光，讓我感覺渾身像觸電一樣。我好想變成那樣的大人，我希望自己老了的時候，也能有那樣堅定果決的眼神。我決定追隨他，所以才會開始朝侍酒師之路邁進……沒想到這意外有趣，要學的東西也挺多的。」

宰夏像個樂團指揮一樣，手舞足蹈地描述自己的心境。織恩對一旁的銀星露出笑容，隨後便朝站在門口的宰夏走去。如果不快點把他送走，宰夏搞不好能說上一整天。因此織恩主動開了門，並輕拍了宰夏的背兩下，示意他該離開了。

「好，我知道了，等等我跟延熙一起聽你說。雖然我不喝酒，但我可以幫你準備杯子。第一杯喝紅酒，沒問題吧？」

「哈！杯子很重要!!我會帶專用的杯子來，妳不用擔心。老闆，那我們等等見了！我還會帶另一個叫海寅的朋友來，沒關係吧？對了，別忘記帶客人去小吃店那邊吃點東西。那我先去面試囉！」

宰夏難得一身正經的打扮配上新買的皮鞋，臉上明顯露出緊張的神色，手上還拿著那間紅酒公司的信封。他將通過第一階段面試後收到的公司簡介珍惜地抱在懷裡，現在正準備去參加第二階段面試。看著宰夏跟織恩說話的樣子，一旁的銀星也跟著笑了。這地方真的好奇怪，一踏進這裡她便覺得好放鬆，總是忍不住想笑。別人都說跟笑口常開的人在一起就會常笑，跟總是哭喪著臉的人在一起則會經常想哭。不知是不是因為洗滌所這個空間令人感到安心，銀星感到很放鬆。

「看來這裡住的都是些好人。」

話說回來，手機什麼時候才會充好電？她得趁天還亮著趕快開直播才行，是不是該去車上拿快充呢？

「喝杯茶吧。妳的手機正在充電，妳再等一下。」

「姊姊，妳真的會讀心術嗎？妳怎麼知道我在想什麼？好厲害喔。對了，住在這裡的人是不是都互相認識啊？」

銀星接過一杯溫度適中，喝進嘴裡也不燙口的茶。她喝了一小口，發現茶意外順口，她忍不住瞪大了眼。見銀星把杯中的茶喝光後，織恩遞給她一件純白的T恤。銀星接下了衣服，坐在她對面的織恩隨即開口說道：

「這裡不是普通的洗滌所，是心靈洗滌所。可以爲妳清除心靈的污漬、熨平內在的皺褶。如果妳想清除任何污漬或撫平任何皺褶，在這裡都能爲妳解決。」

「心靈……洗滌所……？有這種地方嗎？」

「當然有啊，就是這裡。這裡是全世界絕無僅有的洗滌所，妳之所以會來到這裡，我認爲肯定是有什麼必然的原因。我是織恩，在這間洗滌所用最溫柔的方式，提供需要治癒與安慰的人一些幫助。」

織恩用比平時更加親切的語氣介紹自己，讓銀星那雙本就已經很大的眼睛瞪得更大了。

爲了治癒心靈而敞開自我的人都非常勇敢。大多數的人內心都已經受傷化膿，但即使如此，卻仍有許多人沒有意識到疼痛，依然帶著這些傷生活著。他們都不知道，受了這麼多的傷，一定要治癒其中幾個最疼的傷口，人才有可能好好地活下去。織恩在永恆的歲月裡，爲許多需要安慰的人遞上一杯溫熱的茶、聽他們分享自己的故事、撫慰他們的心靈。光是這樣，就足以減輕他們的疼痛，讓他們能繼續帶著這些傷生活下去。織恩能感覺到，現在眼前這個傷痕累累的孩子，同樣也迎來了需要治癒的時刻。

「選擇就交給妳。如果妳心中有任何想洗去的污漬，那就穿上那件衣服，然後閉上眼睛回想那件事。這樣一來衣服就會產生污漬，也會出現皺褶。然後妳再脫下衣服，如果想清除污漬，就上到二樓把衣服交給我。如果不想，妳也可以把衣服留下或帶走，看妳想怎麼做都沒關係。」

銀星聽得目瞪口呆，她拿著衣服呆坐在那好一會兒。等到看見織恩的背影逐漸隱沒在樓梯頂端之後，才開始套上手裡的那件衣服。

「那個姊姊太可怕了，她真的會讀心術嗎？」

這是個陌生的城市，也是陌生的一天。這一天真的好奇怪，難道自己是在夢裡嗎？仔細想想，濃霧瀰漫的日子似乎總會發生一些怪事。而今天所發生的事情當中最奇怪的，就是此刻銀星心中那好想活下去的念頭。

好想活下去。

想要清除那些能夠清除的污漬，

繼續活下去。

☼☾

「姊姊，如果把我想清除的污漬清理掉……我的人生就會澈底改變了。這確實是我想要的……因爲我覺得好累，很想放下一切……但又對於接下來要重新開始這一點感到擔憂。如果我不再光鮮亮麗，而是以最眞實的樣子出現在大家面前，大家卻不理解、不喜歡怎麼辦？少了我，我的家人根本不懂得怎麼賺錢，這樣要怎麼生活下去？」

銀星將白色T恤右邊的衣角綁了起來，一件普通的衣服瞬間成了充滿時尚感的露肚裝。織恩站在窗前看著外面的景色，銀星則自動自發地在她身後的椅子上坐下來。銀星的個性直率，像水一樣清澈透明，總能使面前的人瞬間卸下心防。她從不懷疑、從不算計，總是相信自己眼睛所見，是個溫柔且善良的孩子。當織恩告訴她這裡是心靈洗滌所，她也沒有提出任何質疑，只是眞摯地思考自身內心的污漬。

不主動提議要替他人清理心靈污漬是織恩的原則，但原則就是用來打破的。原則被打破，再創造新的原則就好。自從她下定決心，要在這一世結束人生之後，織恩便決定要活得更隨心所欲一些。那孩子的傷痛爲何令她如此在意？她們是否曾在哪個世紀有過一面之緣？織恩雖努力回想過往，卻還是什麼都想不起來。

「別嘗試讓那些不懂妳的人理解妳。孩子，連妳自己都不了解自己吧？就像我，我都不是很了解我自己。」

「姊姊，妳也不了解自己嗎？但我覺得妳好像什麼都懂。」

「眼睛所見的事情並非全部。眼睛所見的，其實只是我們想看到的事物，以及想給別人看見的事物罷了。妳跟那些追蹤妳的人很要好嗎？」

「不，他們大多都是不認識的人。其實我很喜歡跟人聊天，不過開始當模特兒之後我很少有機會去學校，也就沒再跟朋友聯絡了。現在會來往的人與其說是朋友……更像是因爲彼此需要對方才會繼續碰面。不知道從什麼時候開始，我失去了說話的對象，我一直覺得好孤單。」

「這麼在意別人的眼光，又活得這麼孤單，想必很難過吧？妳還好嗎？」

「……是很難過。其實……我眞的好累喔，姊姊……」

織恩一句「想必很難過吧」似乎打開了什麼開關，讓銀星嚎啕大哭了起來。其實這一切都讓銀星煩惱，她想認識眞正的朋友，也不想老是分享一些裝模作樣的照片。她想讓人看見自己窩窩囊囊的樣子，她希望自己無論難過、悲傷，還是開心，都有能聽她訴說的對象，她只想要交一個這樣的朋友。

看著銀星的眼淚，織恩感到有些安慰。就是要這樣，人難過的時候就該哭出來才對，能哭出來眞是太好了。

「妳可以一直哭，直到心裡舒服一點。這裡不會有任何人來，妳放心吧。」

「姊姊……我眞的好累喔……我眞的想除去自己當網紅的人生，這段人生就是我的污漬。」

嗚嗚咽咽了好一陣子，銀星身上的T恤出現很深的污漬以及大量的皺褶。皺褶只需要燙平，污漬只需要清洗乾淨，但痛苦悲傷的心，卻必須要痛哭一場才能好好緩解。

「妳以前難過的時候會哭嗎？」

「不會……」

「那妳不高興的時候會生氣嗎？」

「……我要怎麼生氣……要對誰生氣……」

「對讓妳生氣的對象生氣啊。難過的時候就哭，不高興時就生氣，開心的時候就笑，這樣才叫做活著。無聊的話就做出無聊的表情，懂嗎？這樣才自然。」

「姊姊，我常常被人拍……所以要是一不小心亂發脾氣，被上傳到Instagram上，就可能會上新聞……嗚嗚……」

原本邊哭邊說話的銀星，哭聲變得越來越小。

「被拍又怎麼樣？上新聞又怎麼樣？沒關係的，人都會犯錯啊。哪有人一輩子都不犯錯的？那就不是人了。」

「犯錯也沒關係……？真的嗎？」

「這是當然的，妳可以犯錯。妳做錯了，只要道歉就好。如果有人犯錯，妳就接受對方的道歉、理解對方就好。如果發現自己好不了，那就接受自己好不了的事實。人生哪有可能時時刻刻都很完美？誰不會徬徨、動搖、犯錯、跌倒？但只要重新爬起來再次站穩腳步，只要這樣就好，沒事的。」

織恩將手放在銀星的肩上輕拍著。哭聲逐漸平息，看著雙手緊握在胸前的銀星，織恩溫柔地望著她說：

「我告訴妳，妳別太在意別人，顧好自己就好。難過的時候就找個地方去旅行，生氣的時候就發脾氣，也可以吃點美食抒發壓力。試著不去爲別人而活，好好爲自己而活。這樣一來，人生就會比妳想像的要更美、更値得去活。」

「更値得……去活？姊姊，其實……我原本眞的不想活了。」

「這是正常的，我也曾經好幾度都不想活了。可是啊，當妳覺得自己不想活的時候，妳依然會活下去。被迫活下去之後，妳會產生活下去的動力，妳會發現一些小事都能讓妳笑出來，而笑容又會讓妳有活下去的動力。很神奇吧？」

「活下去……的動力……會……笑？我也會有想活下去的那一天嗎？」

「這問題妳應該最清楚吧？還有，我要告訴妳，這世上沒有任何一段關係値得讓妳失去自我。即便對方是妳的家人或情人，都沒有人比妳自己更重要。」

聽完織恩的話，銀星點了點頭，並將身上的衣服脫下來，小心翼翼地用雙手捧著交了出去。

「現在，我要讓妳看看妳從沒見過的美麗畫面。」

織恩右手握拳伸了出去，紅色花瓣旋風便捲起銀星脫下的衣服，帶到了洗衣機裡。點點光芒就像在花瓣周圍開出一條道路的螢火蟲，那件被花瓣與光點所圍繞的髒衣掉進洗衣機內，洗衣機開始轉動。銀星忘卻了悲傷，只顧著欣賞眼前起舞的花瓣。洗衣機轉動的同時，也發出如太陽一般耀眼的光芒。

「經營洗滌所過程中，我最喜歡的時刻就是看著洗衣機把沾了髒污的衣服清洗乾淨。雖然並不是每次都會這樣，但有時傷痕會化作光芒，有時則會化作美麗的花辧。」

聽著織恩的話，銀星不自覺流下了滾燙的淚水。她無聲地哭著。穿著織恩給她的衣服時，她心裡想的是，希望成爲網紅之後經歷的所有喜悅跟悲傷，都能化爲衣服上的污漬。那些日子燦爛卻孤單。現在她終於知道，是她自己把自己困在那個形象的框架裡。她長時間穿著一雙不合腳的鞋子，既然鞋子不合腳，那會痛也是當然的。

「銀星，不是清除掉這個污漬後，妳未來就不會再出名。妳可能會再度成爲大眾關注的焦點也說不定，到時妳也要像現在這麼痛苦嗎？心靈的污漬只能清除一次喔。」

「這……我還不知道。」

「沒錯，妳當然不知道，因爲妳還沒有遇到那個時刻。妳可能會再度出名，也可能不會。假使妳再度出名了，應該也會比現在更清楚，要怎麼讓螢幕前後的妳更加表裡一致吧？」

「我會更清楚嗎？」

「妳會的。妳只要相信自己會，那就一定會。只要妳先敞開心胸，人們也會對妳敞開心胸。要不要我教妳交朋友的正確方法？」

「好！我想學！」

「妳之前認識的那些名人，其實大家都很孤單，所以你們就先遠離鏡頭吧。如果想眞正拉近彼此的距離，妳要練習主動接近對方、敞開自己的心胸。就像現在這樣，把妳最眞誠、最直率的一面展現給對方看。」

「但我很怕最後被拒絕。」

「被拒絕又怎麼樣？對方之所以會拒絕，想必也有他的原因。友情是源自於妳們共度的時間與交心的程度，妳就試著多花一些時間、心力跟努力去經營吧。自己不付出眞心，卻希望對方能付出眞心，那其實是一種癡心妄想。鼓起勇氣放下手機，去跟螢幕外眞實的人交往吧，這是爲了妳自己。」

織恩說完，銀星感覺心情平靜許多。忽然一陣香氣迎面而來，宛如溫暖春日裡飄蕩的花香，似乎是方才那一陣花瓣旋風留下的香氣。

「姊姊，那我們現在算是朋友了嗎？」

「當然，我們已經在交心了呀。只要真心跟對方交談，即便只見過一次面，也可以是朋友。妳餓不餓？把衣服拿到樓上晾起來，我們去吃辣炒年糕吧。」

「對了，辣炒年糕！衣服要晾在哪裡？我快去快回！」

一會兒哭、一會兒笑，這樣一個直率的孩子，過去究竟是過著怎樣的生活？銀星朝著織恩手指的樓梯跑去，看著這樣的她，一股薄荷般的沁涼感在織恩的心裡蔓延開來。織恩覺得自己就像一株茂密的大樹，庇蔭著這些需要呵護的孩子。她從來不知道，替他人洗去污漬，竟是這樣通體舒暢的感覺。說是通體舒暢似乎也不太對，這應該是飢餓的感覺。怪了，她最近經常感到肚子餓。

織恩噗哧一笑，撥了通電話到我們的小吃店。

「阿姨，幫我準備兩條飯捲、兩人份的辣炒年糕、兩人份的血腸配內臟，然後每一種炸物都各來一點，我要帶朋友去，請多準備一些。」

「老天啊，居然有朋友來拜訪我們織恩老闆？這是什麼好日子啊？要不要幫妳準備一些湯？」

「湯就不用了。妳還記得吧？我們講好不開發新的菜色。對了，妳的年糕是米做的還是麥做的？這很重要嗎？」

「很重要啊！口感不一樣！我們家兩種都有，妳不知道嗎？」

「啊……我知道啦。阿姨，我馬上過去喔，魚板妳會招待吧？」

這通電話一掛上，所有人都笑了。只要笑，就能夠活下去。活著活著，總有一天一定能發自內心歡笑。

「姊姊，妳的ＩＧ帳號被駭了嗎？怎麼會這樣？妳有報警嗎？」

「銀星，媽媽卡費沒繳被停卡了，怎麼會這樣啊？」

「銀星，爸爸這次打算做些不同的嘗試，妳幫我拍幾張照宣傳一下吧。」

在心靈洗滌所度過陌生又美麗的一天之後，銀星的 Instagram 帳號消失了。清除了心靈的污漬、帶走了悲傷的淚水，這座名叫金盞花的城鎮很有人情味，讓她莫名感到溫暖。她突然覺得，或許她以前曾經到過那個地方。爲了找尋記憶，她試著翻看多年以前的相簿，發現一張媽媽還懷著弟弟的照片。這張家族旅行時拍下的照片，有銀星牽著妹妹的手，後頭還能看見「我們的小吃」招牌。老舊的照片裡那再清晰不過的招牌，讓銀星嚇了一大跳。突然一陣思念湧上心頭，她伸手摸了摸那張照片。難怪，總覺得那裡有些熟悉。銀星會去到那裡並不是偶然，而是命運使然。

帳號消失之後，首先感到難過、生氣的不是別人，而是銀星的家人。但銀星並不打算恢復帳號，也不打算創建新的帳號。

銀星跟律師商討後，決定支付所有廣告違約金，並一一向保養品事件的受害消費者道歉。她不像以前靠接業配賺錢，因而無力償還房貸導致公寓遭到扣押、法拍。銀星爸爸的事業理所當然的失敗、公司破產，申請重整被拒絕，使得爸爸因詐欺罪被判了兩年徒刑。房子被扣押之前，銀星賣掉了自己的車子跟包包，用這些錢在以前住的社區，租了一間兩房公寓，讓全家人一起搬到那裡。銀星自己則申請青年租屋補助，租了一間套房來住。

偶然賺來的那些金錢，對銀星來說就像容易坍塌的鬆散沙堡，不是能永遠依賴的對象。而對那些揮霍無度、不懂得珍惜眼前財富的人來說，金錢就是海市蜃樓，轉眼之間便消失無蹤。看著傾倒的沙堡，銀星內心逐漸恢復平靜。家人一直吵著要她繼續經營Instagram，銀星卻不知該從何開始。不管怎麼想，她都想不出該上傳什麼樣的照片與文字。她眞的是一度靠社群帳號賺錢的網路名人嗎……？

「……我在公司門口，我要上班，自己的問題就自己解決吧，先這樣。」

掛上電話，銀星重新戴上掛在脖子上的耳罩式耳機，試圖遮蔽外界的聲音。到底要不要封鎖家人的號碼……爲什麼就這麼無法割捨家人？眞是奇怪。銀星站在斑馬線前盯著手機看，突然有人輕輕拍了她的肩膀，是公司的組長。三個月前，銀星以接案工作者的身分，承接了家庭購物的商品策畫工作。神奇的是她所策畫的每一項商品，銷售數字都有明顯的成長，這也讓銀星從工作中獲得了不少樂趣。

「組長，早啊！」

「妳在想什麼這麼認眞？對了，銀星，這次的團購妳是怎麼安排的？這個季節比較乾燥，妳規畫的保濕霜、面膜還有桌上型加濕器，價格不高而且利潤也很好，消費者滿意度也很高。妳知道我們拿下這一檔的業績冠軍嗎？」

「眞的嗎？哇……太棒了。」

信號燈一轉綠，銀星帶著些許羞澀的笑容，奮力跑過斑馬線。人生時而是綠燈，時而是黃燈，時而是紅燈。即便偶爾看似永遠是紅燈，但一直等下去，肯定會等到轉成綠燈的時刻。綠燈之後又會是紅燈，而我們所能做的，就是繼續走在那條路上，配合燈號隨時調整自己。如果現在沒有能前行的燈號，那就停下來靜靜等待，等燈號再次轉綠，我們便能再度邁步。

「所以我想說啊，下個月就會有讓約聘企畫人員轉正職的公告出來，是採組長推薦制，我想推薦妳，妳覺得怎麼樣？」

「我當然好啊，謝謝組長推薦，我會努力的。」

綠燈亮。

這次是無庸置疑的明燦綠燈。

「銀星，妳週末通常都會做什麼？」

「我喔……會去最近的人氣景點逛一整天，有時候也會休息一整天。」

星期五下班路上，隔壁的李代理眞摯地向銀星提問。成功轉成正職的商品企畫人員後，銀星覺得現在的生活就像一件寬鬆舒適的衣服，讓她感到很自在。假日裡，她會跟朋友在家裡做點好吃的，也會去尋訪美食、到咖啡廳坐坐，還會特地把跟朋友一起拍的照片印出來，裝進相簿珍藏起來。沒有上班的日子，她會頂著素顏、穿上最舒服的衣服，不特地洗頭，只戴頂帽子到外頭閒晃。漫無目的一直走，偶爾會走到雙腳痠痛，卻也有機會看看以前沒看過的風景。她有時會用跑的，跑到滿身大汗、上氣不接下氣、心臟怦怦跳個不停，那讓她覺得自己還活著。她很珍惜這樣的感覺，因爲過去雖然活著，可是感覺眞眞實實活著的日子對她來說並不多。

雖然並非每一件事都很好，但大多都很好。聽家人描述自己過去當網紅的時期生活是多麼五光十色，她的第一個感受並不是懷念，而是令人顫抖的冰冷孤寂。當時明明也有不少開心的時刻，是因爲她選擇只留下好回憶，把不好的事情都洗掉了嗎？實在有些後悔。每當思緒開始變得複雜，她總會拿出筆記本，溫習在陌生城市遇到的朋友告訴她的話。

「試著活下去吧，別讓自己死掉就好。人生的意義、人生的樂趣，先活下來之後再去尋找。還有，千萬別忘了，妳是妳，這樣就夠了。別只顧著看天上的星星，要看看妳心裡的星星。即使是在黑暗之中，妳也是最閃亮的。

要記得，無論是什麼身分，無論有沒有穿上最華麗的衣服，無論是不是像現在這樣一身污漬斑斑，光是妳的存在，就已經像星星一樣閃耀了。」

「姊姊，我現在過得很好。我很想妳，我會找一天去找妳的，我也很好奇那時那個哥哥面試上了沒。哈……好想寫信，但是好睏喔！」

撐不住沉重的眼皮，銀星閉上了眼。好睏，眞的好睏，但是好開心。能睡一覺眞棒，能因爲睏而好好睡一覺，是一件很棒的……今天我還活著……眞好……哈啊……好睏。其他的事明天再想吧。

銀星緩緩睡著了。

帶著眞正的微笑。

「海寅，你今天下班後要幹麼？」

「沒幹麼。今天活動比較早結束，我正準備下班。要一起吃晚餐嗎？」

「好啊，那七點在山丘上那間心靈洗滌所碰面吧，延熙也會一起。大哥我呢，有一個重大消息要公布！哈哈哈！」

「看來是好事囉？那就在那裡碰面吧。不過，洗滌所裡可以吃東西嗎？」

「可以，那裡不是單純的洗滌所。你去了就知道，我們就一人買一樣食物過去吧。一人一菜的百樂餐派對，你知道吧？哈哈哈。」

聽見宰夏豪爽的笑聲，海寅也跟著笑了出來，隨後掛上電話。宰夏跟延熙從小就是朋友，海寅則是小學三年級時跟奶奶一起搬到這個村子，然後才跟他們成為朋友。他的母親是位攝影師，跟主修古典鋼琴、在樂團擔任鍵盤手的父親在演出時相遇，隨後便墜入情網。他們很快結婚、生下海寅，組成一個圓滿的家庭。海寅的父母深愛著彼此，或許是因此招致上天嫉妒，一場意外車禍同時帶走了他們兩人。奶奶領到了一大筆保險金，並負責照顧年幼的海寅。

轉學來到這裡之後，沉默寡言又內向的海寅總是獨來獨往。宰夏總會主動邀他去玩、去跑步、一起寫作業、一起吃飯。連同宰夏的好友延熙，三人就這麼成爲好友一起成長。他們會分享彼此生活中的糗事，而海寅大多都是聆聽的那一方。宰夏跟延熙說話時，海寅會面帶微笑坐在一旁。對他來說，聽比說更讓他安心。

對成長過程中沒有太多人陪伴的海寅來說，音樂就是他的語言。查特・貝克、艾靈頓公爵、比爾・伊文斯、保羅・戴蒙斯等人，都是他喜歡的樂手。聽著他們演奏的音樂，海寅能感受到自由。他在大學裡主修藝術史，畢業後成了獨立策展人，工作之餘就拍拍照、聽聽音樂、聽聽朋友說話。海寅對自己的人生還算滿意。能夠從事喜歡的工作、聽音樂、讀書，如此從容的人生，偶爾甚至讓他感到奢侈。

結束與宰夏的通話後，他也準備下公車。下車之前，他從歌單中挑選〈Take Five〉來播放。漫長的一天結束，如果能有「五分鐘的休息時間」，悠閒地聽聽由鋼琴、鼓和薩克斯風三種樂器所演奏的輕快樂曲，那麼一成不變的昨天與今天、一如既往的明天，似乎也都有了堅持下去的理由。海寅跟著耳機裡流洩出的旋律哼唱，漫步走下公車。

「叭叭叭叭、叭叭叭叭——叭叭叭叭、叭叭叭叭。」

他緩慢地經由階梯，往村子裡地勢最高的山丘走去。他的心臟隨著音樂的速度跳動著，砰、砰、砰。

「終於爬上來了。景色眞棒，爬到這麼高的地方，心情都變舒暢了。」

海寅拿起掛在脖子上的老舊萊卡相機拍了幾張照片。他拍下緊密相鄰的心靈洗滌所與「我們的小吃」，隨後緩步繞著洗滌所外圍走了一圈。洗滌所位處這座臨海城鎮地勢最高的山丘上，彷彿是用數百年前，不，是用超越時間與空間，歷經了好幾個世紀的木材所建成。不知為何，他總覺得這間洗滌所十分眼熟。

海寅繞到後方的庭院，順著階梯登上屋頂。雖然上頭看似沒有人，但他還是放輕了動作，生怕被發現。走到階梯盡頭，眼前的景象令海寅突然屏住了呼吸。

「什麼？這裡是……」

彷彿來到世界盡頭一般，又大又紅的太陽就在他的眼前緩緩沉沒。涼爽的秋風把晾在天台的衣服吹得劈啪作響。天空被染成一片火紅，洗好的衣物也染成了紅色。風吹起這些紅色的衣服，宛如無數的花瓣飛舞一般夢幻。海寅受到本能的驅使，拿起相機按下了快門。

這座城鎮兩面環海，兩面與陸地接壤，雖是真實存在於地球上的空間，卻彷彿是另一個世界的景緻。那些掛在洗衣繩上的衣服都無比潔白，在風的吹拂之下，衣服上飄出了花瓣，花瓣翩翩起舞形成圓圈，朝著逐漸西下的夕陽飛去。

海寅看得出神，拿起相機連續按下幾次快門，渴望記錄眼前這令人難以置信的美景。如果說這輩子會有哪個美麗的時刻，讓他覺得不可能再重來，那或許就是現在。那些飛舞的花瓣彷彿受到太陽強力的吸引，頭也不回地朝夕陽飛去。他忙著用相機留住眼前的景色，還把鏡頭切換成特寫，突然眼角掛著一滴掛淚珠的臉部特寫出現在觀景窗內。

「……！」

海寅嚇了一跳，趕緊放下相機。一名女子站在眼前，他緊張地吞了口口水，這名女子像是在送別飛向天空的花瓣，雙手與肩齊高，恭敬地合十，像是攏著什麼脆弱物品一般小心翼翼。她閉著眼，喃喃自語著送走這些花瓣，眼角的淚珠也在此時滑落，順著臉龐滴下，淚珠一碰觸到花瓣便發出一陣光芒，花朵也隨之飛散消失。海寅無法相信眼前所見的情景，便舉起左手揉了揉眼睛。但無論揉多少次，眼前的女子都沒有消失，他不是在做夢。太陽沉入地平線，留下夕陽的餘暉靜靜等待夜晚的到來。那抹餘暉彷彿是替夜晚照亮前路，好讓甫從睡夢中醒來的夜晚不會孤單，而在黑幕籠罩之際仍發出微弱的光芒。

女子垂下雙手，海寅對尚未察覺到自己存在的女子舉起相機。不知為何，他總覺得那背影有些眼熟。女子身上的衣服印有美麗的花瓣，與那些從洗淨的衣物上飄出來後飛向天空的花瓣極為相似。身著黑底紅花服飾的女子緩緩轉過身，正面看向海寅的鏡頭。透過觀景窗，海寅看見那雙眼睛漆黑且深邃，蘊藏無盡的悲傷。與女子視線交會的那一刻，他放下手中相機。女子流著眼淚，海寅緩緩朝她走去，但越是靠近，海寅就越感到無法呼吸。女子跟海寅的初戀情人極為神似，他不敢置信地揉了揉眼睛、甩了甩頭，然後才回過神來，主動開口打招呼。

「妳好。如果嚇到妳，我很抱歉。」

「請別在意，沒關係的。」

織恩下意識回答，卻被自己的口氣給嚇了一跳。爲什麼她說話的口氣會這麼拘謹？活了好幾個世紀的她，年紀實在太大，因此總是自然以對待晚輩的態度與他人說話。難道是因爲被這個人看到自己哭的樣子，讓她感到有些不自在嗎？

「我是宰夏的朋友海寅，我們約好今天要在這碰面。」

「我知道。我是洗滌所的老闆，織恩。我從沒在別人面前哭過，沒有嚇到你吧？」

「這樣啊……沒，沒有喔，我沒被嚇到。不過，老闆，妳還好嗎？爲什麼哭呢？」

「好久沒聽到有人問我『還好嗎』……每次都是我問別人好不好。我很好喔。」

「妳其實可以說妳不好，眞的沒關係。」

「我看起來不好嗎？」

「……對啊，妳剛剛不是哭了嗎？我還看到有花瓣在飛。」

「你都看到啦？我想假裝自己沒事，結果被你發現了。今天看到的事情，要拜託你保密了。話說回來，你都不好奇爲什麼洗好的衣服會有花瓣飛出來嗎？」

「是很好奇，但妳下次再告訴我吧。妳現在的臉色真的很不好，建議妳喝點熱水，然後趕快進去休息。妳要是繼續待在這裡，我覺得會隨風飄走的好像不是花瓣，而是妳喔。」

海寅說完，織恩伸手將頭髮往後撥，噗哧一聲笑了出來。來到洗滌所的人們，內心的污漬被洗去之後晾在陽光下曬乾，隨後便會化作花瓣。她會在太陽西沉的時刻，在天空一片火紅的時刻將這些花瓣送走，讓太陽將花瓣燒得不留一絲痕跡。那些沒能送去給太陽的花瓣，則會留在她的身邊。織恩每次施展魔法時在她身旁飛舞的花瓣，就是數百萬年來沒能送去給太陽的念想、傷痕、污漬。這回她在進行儀式的過程，竟被這個叫海寅的男人目擊了。這名男子絲毫沒有受到驚嚇，語調溫柔且冷靜，讓織恩的心也跟著平靜了下來。真是奇怪，總覺得他的眼神就像爸爸。不，應該是像幾個世紀前她曾經深愛過的男人嗎？難怪，總覺得他身上有股熟悉的味道。即便兩人的對話並不長，她依然能察覺海寅相當懂得尊重他人。說話時有禮貌、尊重他人，也受到他人尊重……所謂的溫柔與貼心，或許就是這麼回事。好久沒有用敬語跟別人說話，剛才這樣一試，感覺還不錯，或許可以對洗滌所的客人也試試看？

「我是如此焦急地等著你、愛著你。」織恩說。

「……什麼？呃……我、我嗎？呃……是很……謝謝妳啦，但我們……才第一次見面……而已吧？」

海寅雙頰泛紅，慌慌張張的模樣讓織恩笑了出來。不知爲何，她就是突然想捉弄海寅這麼一下。但不能否認的是，海寅確實讓她有股熟悉感，自己究竟是在哪個世紀曾經遇見過他呢？

「那是花語啦，這種紅色的花叫山茶花。我選擇在夕陽時把花瓣送往天空，是因爲希望能夠讓花瓣燃燒，讓那些選擇將內心傷痛洗去的人，能夠遺忘這些過往，並再一次愛上人生。」

海寅點著頭專注聆聽。看織恩的臉色已經比剛才好上許多，他也放心不少。明明是第一次見面，他卻不知爲何相當在意織恩。是因爲織恩像他的初戀情人嗎？不，眼前這名女子有著奇特的迷人魅力。紅色花瓣環繞在兩人周圍，織恩對他人傾吐心事，或許就連花瓣都感到新奇。

「很美吧？花瓣會配合我的情緒改變顏色，但通常都是紅色的。因爲維持相同的情緒比較輕鬆。啊，我好像說太多了……」

是因爲剛剛哭過嗎？還是因爲想跟這個男人多說點話呢？無論理由是什麼，織恩都覺得心裡舒服多了。話說回來，對方看到自己施展魔法，竟一點也不驚訝，這還眞是奇怪。這男人感覺就像溫暖的駝色，世上竟有這樣的人，光是看到他站在那就令人放心。

織恩看著海寅，想起小時候曾經蓋過的一床駝色棉被。好久沒有像這樣，懷念起已經棄置在過去的事物了。織恩經過海寅身旁往階梯走去，站在階梯口，她轉頭看著海寅。

「對了，你的相機應該沒有拍到任何東西。因爲拿相機拍我，是拍不出東西的。我要下去了，你要繼續待在這嗎？」

挺直了腰桿、挺起胸膛，女子神采奕奕地問道。這名女子假裝堅強，說話時卻依舊帶著點哭腔。海寅沒多說什麼，只是默默跟在她身後。兩人從通往一樓室內的階梯離開天台。

「奇怪，你們兩個怎麼會一起下來？海寅跟老闆居然已經碰到面啦？他是我的朋友，海寅。」

早早抵達的延熙正在拆解那個多達三層的便當盒，一看見兩人出現，便開心地迎上前去。織恩對延熙點點頭，隨後便帶著淺淺的笑容走進吧台準備泡茶。緊接著宰夏推開洗滌所的木門，歡天喜地地大喊：

「各位，我被錄取了！終於找到正職工作了！還有勞健保！哈哈哈哈！」

「什麼？你錄取了嗎？天啊！恭喜你！」

延熙放下手上的便當盒，從椅子上跳起來衝上前去。她知道宰夏在理想與現實之間徘徊、苦惱了多久，因此祝賀的同時也感到有些難過。宰夏是這麼深愛著電影，但來到心靈洗滌所洗去心靈的污漬之後，他開始尋找跟電影一點邊都沾不上，還附帶勞健保的穩定工作。延熙知道，宰夏選擇洗掉的污漬，應該就是創作電影的過去。即便宰夏已經不記得，但她依然要替宰夏記住，記住朋友曾經燦爛的過往與那顆追逐夢想的心。

海寅邁開步伐朝宰夏走去，接過宰夏手中提著的兩隻炸雞，並張開雙手擁抱他。

「恭喜你，宰夏，辛苦你了。」

兩人互拍了對方兩下，隨後便放開了彼此。

「哎呀，我原本想來叫老闆去吃晚餐，沒想到你們都在這啊？」

小吃店老闆提著兩條飯捲推開洗滌所的門，一看到宰夏、海寅、延熙和織恩都在裡面，她就笑了。她將裝著兩條飯捲的黑色塑膠袋放在織恩面前，站在那裡看著大家。「等等，這樣飯捲不夠。」她說。

「阿姨，妳坐下來一起吃吧，我們今天買了很多食物。」

「哎呀，不必了，你們自己吃吧。我剛剛拿了碗麥飯，加小蘿蔔泡菜跟兩包麻油拌著吃了。我是擔心我們織恩老闆今天一餐都沒吃，所以才來這邊看看，既然有得吃那就太好了。如果需要魚板湯，那就來我這邊盛吧。你們吃得開心點喔，我先走了。」

「謝謝妳，阿姨，我會好好享用的。」

織恩拿起裝著飯捲的塑膠袋，回以一個淺淺的微笑。有人在身旁陪伴讓她非常開心，但一感受到開心的情緒她隨即又陷入不安。要是付出太多真心，那她就得離開了。這些人會死，但自己不會，所以終究有一天她得把這些讓她思念的人放在心裡，獨自一人在漫長的歲月裡追憶。不知從何時起，她不願意再受這樣的苦，因而選擇在開始與他人建立關係、付出眞心之前先行離去。而如今她選擇在這裡度過自己的最後一世，似乎也放寬了心的界線。但她依舊擔心，自己的生命眞的能夠在此畫下句點嗎？她是否也有機會體驗到人生的遺憾？如今的她，開始夢想過去不曾想過的事，這也讓她產生了與過往不同的不安。

——我似乎不被允許享受無憂無慮的人生。

織恩懷揣著內心的不安，拿起茶壺爲每一個茶杯倒入熱水。在喝茶之前，杯子要先用熱水浸泡，這樣在喝茶的時候，杯子便能一直維持一定的溫度。世上每件事情都有適合的溫度，泡茶、熱茶杯也都有合適的溫度。要熱茶杯，倒入杯中的開水必須十分滾燙，但泡茶時則需要使用不燙口的熱水。

「把這些杯子拿到那邊的桌子就可以了吧？」

「對，但杯子很燙喔，請小心別用手去碰。」

見到織恩對海寅說話這麼客氣，宰夏、延熙與小吃店老闆驚訝地看著他們。是不是剛才聽錯了……三人同時懷疑自己的耳朵。

「那個……老闆，你剛剛是跟海寅說『請』嗎？妳居然也會說『請』？」

「喔……我……我哪有！我是不小心脫口而出啦。」

織恩轉身不理會驚訝的三人，自顧自地將泡好的茶倒入茶杯裡遞給海寅。

「先拿這些過去吧。」

「欸，這樣才對嘛，老闆哪可能跟人說『請』啊？我好餓喔，快開動吧。」

「吃吧，快吃，要吃才能活下去，想活下去就要吃。我們是爲了吃而活，讓我們好好吃一頓吧！」

「是啊，今天是個好日子！就放心享受吧。」

今天大家很開心，織恩也很開心。如果人生以十天爲一個週期，那麼只要一天的喜悅便能讓人撐過剩餘九天的不愉快。

「老闆，妳每天都到天台去幹麼啊？看妳好像很認眞在想事情。」

延熙問完，便拿起一塊飯捲塞進嘴裡。多虧那天織恩拉起她的嘴角，提醒她即使是假笑也沒關係，生活中千萬別忘記笑容。這讓延熙在賣場遇到惹人厭的客人時，也會試著拉起自己的嘴角。碰上公車在自己眼前跑掉這樣倒楣的事，如今的她也能一笑置之。偶爾延熙會勉強鏡中的自己露出笑容，雖然看起來就像小丑，但自從她決定要面帶笑容的那天起，她便覺得自己能喘息的時刻增加了。那是她第一次來到心靈洗滌所的收穫，也是從那天起，她便一直很在意老闆獨處時的落寞神情。

「妳問這個幹麼？」

「沒幹麼，就只是覺得看到妳站在天台上看夕陽的樣子，好像要被太陽吸進去一樣專注。沒關係啦，妳如果不想說，也可以不說，嘿嘿。」

看著延熙尷尬地笑著搔了搔頭，織恩點了兩下頭，卻沒有回答。突然一陣靜默，原本緊咬著唇不發一語的織恩，似乎是改變了想法，突然開口說道：

「嗯……我是以一種點蠟燭的心情，在祈求人們的平靜與祥和。」

「點蠟燭的心情是怎樣的心情？」

「禱告的時候，不是都會點蠟燭嗎？就像蠟燭燃燒自己照亮四周一樣，趁太陽落下、夕陽的餘暉照亮四周的時刻，我也想祈求洗滌所的客人都能獲得心靈平靜。在經營心靈洗滌所之前，我常常會陪別人喝茶，淡化他們心中的污漬。」

「啊……原來妳經營洗滌所已經很久啦……？」

「非常久了。因爲人類啊……只要遇到一個相信、支持自己的人，就能獲得活下去的動力。」

「……只要一個嗎？」

「對，只要遇上這樣一個人就夠了，但人生中往往遇不到這樣的人，所以我想成爲那樣的人，希望能藉著相信與支持帶給別人力量。如果一生中能遇到一個人，用支持與相信祈求你的生活順遂、心靈平靜，那麼想必就能獲得活下去的動力吧？」

聽了織恩的話，三人同時開始思考這份「點蠟燭」的心情，並揣摩起以日落的光芒代替蠟燭，祈求他人的平靜與祥和的心意。這麼一想，他們才發現洗滌所的老闆從不收清洗費，只要求來訪的客人在適當的時候，將這份親切傳遞給別人。究竟老闆來到這裡，是爲了什麼呢……

打破這陣沉默的人是宰夏。

「海寅，我們要不要來聽音樂？老闆知道很多好音樂喔。」

沉浸在思緒中的海寅對宰夏挑了挑眉，表示接收到這個訊息。

「我這裡有喇叭，你們用藍牙連線吧。」

延熙從背包裡掏出喇叭，三人的動作一氣呵成，即使沒有事先說好也默契十足。

海寅挑選音樂時，織恩起身準備去煮第二壺水。她一邊等待電煮壺把水煮開，一邊認真聽著音樂。咕嚕咕嚕，看來今天她也得花點時間等水燒開。燒開後，等水降到不會太燙也不會太冷的溫度，織恩才帶著煮開的水走回來。她對海寅說：

「這是查特．貝克的〈秋葉〉耶，很適合今天這樣的秋夜。」

「沒錯。織恩小姐，妳也喜歡查特．貝克嗎？」

「喜歡啊。他的音樂雖然躁動，卻熱情並帶給人悸動，就像青春一樣。」

「像青春一樣……這個比喻眞好。妳最喜歡怎樣的音樂？」

「我都喜歡。以前我跟查特．貝克很熟，很想知道如果他沒有嗑藥，過著幸福快樂的日子，那做出來的音樂跟現在會有什麼不同？」

「原來妳跟查特．貝克很熟啊？」

「你怎麼一點都不驚訝？不覺得我可能是在說夢話，或覺得我說的話很怪嗎？」

「我不覺得。總覺得妳應該眞的跟查特．貝克很熟。」

「以前是很熟啊。當時那些跟他組樂團的人常常來我這裡聊天，我也常去看他們表演。我也很想幫查特．貝克清理他內心的污漬……但這樣可能會影響到他的音樂。有時候痛苦或悲傷，反而能化爲成長的力量或藝術的養分。」

在初次見面的陌生人面前，海寅幾乎不太說話，今天卻意外地話特別多，連他自己都嚇了一跳。宰夏在旁驚訝地看著熱烈交談的兩人，並在海寅說到「織恩小姐」幾個字時，咯咯笑了起來。他拍了拍海寅的肩，說：

「什麼織恩小姐啦，臭小子，你要叫她老闆！」

「叫老闆就太有距離感了啊。」

海寅正經八百地答道。海寅說話的語氣總是溫柔堅定，讓人不自覺想去相信。那些讓人難以接受的事，只要由海寅說出口，似乎也都能接受了。

「這樣啊……那，我們也別叫老闆，改叫織恩……啊！不要捏我啦，李延熙！」

「你太白目了吧？長點腦袋好不好？柳宰夏！少在那插嘴。」

即便已經三十三歲，但在小時候的玩伴面前，依然是那副長不大的樣子。

不，應該說是會讓人依然不想長大。封印自身時間的流逝，怎麼也不會老去的織恩，就在這一群人之中跟著他們又笑又鬧。她內心暗暗羨慕這些人擁有一起長大的玩伴，能有這麼強烈的羈絆。在這些歲數會逐年增長、能看著彼此皺紋增加、能互相作伴一起老去的人之中，她突然感到寂寞襲來。眞想跟著他們一起變老啊。

瞥了宰夏一眼後，延熙對海寅說：

「海寅，這裡是一個幫你把心靈的污漬清理掉，或是撫平內心皺褶的地方。如果你有什麼想忘記的事，就要把握這個機會。」

「心靈的……污漬？」

「你心裡有沒有讓你想永遠忘記，再也別想起的事情？」

「有很多啊。」

「那就去拜託老闆吧。」

「……」

海寅沒有回答，而是拿起了茶杯。一口、兩口，他喝了幾口，隨即笑了笑，便回頭繼續搜尋音樂。一旦海寅沒接話，那就最好別繼續勸他。碰上不知道該怎麼回答，或想拒絕的時候，海寅總會選擇沉默，也因此朋友不會追問沉默的海寅。因爲需要沉默，所以他才選擇沉默，朋友們尊重他的沉默。在他們之中有誰感到難過時，另外兩個也會靜靜陪伴在一旁，這是他們三人之間的默契。

「宰夏，你找到工作了，你媽媽應該很開心吧？」

這次主動打破沉默的人是織恩。爲宰夏洗去心靈污漬的那天，宰夏本是希望放棄自己的機會，讓織恩先去療癒蓮慈女士所受的傷。後來織恩也一直都在期盼，希望還沒來過這間洗滌所的蓮慈女士能早日來到這裡。

「我在來的路上有打電話給她，一聽到消息她就笑了。」

「這是當然的，她肯定很開心。她有沒有說什麼時候要來？」

「她說要來之前會做一大堆好吃的東西帶來，我叫她下個禮拜過來。我可以帶她一起來這邊吧？」

「當然，你沒忘記我說的開幕活動吧？」

「哎呀，老闆眞的很會，我當然沒忘！這是當然的！」

織恩沒有忘記自己當初提出的要求，希望能幫忙洗去蓮慈女士心靈的污漬，這讓宰夏很是感激。其實他只需要用嘴巴道謝就好了，但他卻選擇將延熙買來的水果倒進織恩的盤子裡，以這種迂迴的方式表達感謝。傳遞水果的過程中，他突然注意到織恩身上那件花洋裝的圖案。宰夏歪著頭問：

「老闆，妳是不是有好幾套圖案類似的洋裝？」

「這件嗎？不，我只有一件。」

「是喔……花好像變得比上次少了耶。」

三人同時看著織恩洋裝上的花朵，織恩也低頭看著自己身上的衣服。花不可能變少啊，每天都會增加耶。

「怎麼可能？應該是你太累，看錯了吧？你們快回去休息吧，洗滌所也差不多要開門營業了。」

「今天應該不會有人來了，老闆，妳不能乾脆休息嗎？我看妳一副很累的樣子。」

織恩沒有回答，只是帶著淺淺的微笑。她居然能與人建立起這樣擔心彼此、問候彼此的關係。明明都已經對人生不再有留戀，想要離開這個世界了，現在身邊竟又有了她放不下的夥伴。有了珍視的對象，就會想要保護他們。如果想保護他們，自然就難以和他們道別。他們會老、會死，但織恩不會。即使經歷過無數次離別，她仍然每一次都感到心痛難過。沒有人能保證她的生命一定能在這一生結束，因爲能使她生命延續的魔法從來不曾中斷。或許，能依照人世間的法則逐漸老去，其實是一種祝福。

「整理一下，趕快回去吧，我先去一下洗滌室。」

織恩幽幽上樓，準備等待內心滿是污漬、需要一番清洗的客人上門。海寅望著她瘦削的背影心想，沒想到這樣一個悲傷的女人，竟然經營著能替人洗去心靈污漬、撫平心靈皺褶的洗滌所？眞令人不敢相信。即使織恩已經上到二樓，再也看不見她的身影，海寅的視線依然沒有離開，仍望著通往二樓的樓梯。

蓮慈很想好好過生活。雖然根本不知道什麼樣才叫好好過生活，但她一直很希望自己能過得像普通人一樣平凡。然而即便有千百個不甘願，年幼的她卻早早察覺「過得像普通人一樣平凡」這件事有多麼困難。

「蓮慈，妳的大學註冊費……」

年邁瘦小的父親雙手不安地握緊又鬆開，半側著那再也挺不直的身軀，小小聲地開口。父親一直活在焦慮與不安之中。他比母親年長十歲，沒有什麼賺錢的才能，唯有生孩子這件事不落人後。這樣的男人，實在很不負責任。

看著弟妹出生，總能拿下班上第一名的蓮慈隨即知道，無論她成績再怎麼優異，都沒有機會讀大學。蓮慈內心很清楚，自己成年後，扶養五名弟妹的重擔就會由父母轉到自己身上。哪怕對此心知肚明，但她若是不將心思放在讀書上、不找件事情轉移自己的注意力，或許就會受不了這個令人生厭的家，這也成了她一直以來如此用功讀書的原因。

「爸，我不會去念大學。」

蓮慈答道。父親沒有詢問原因，而在幾步外的廚房裡洗米的母親則停下了手上動作。詢問原因並得到答案之後，母親又能說什麼呢？畢竟答案早已決定好了。

蓮慈回到房間，沒有理會房裡的弟妹，逕自收拾起行李。她收拾好簡單的行囊，離家來到工廠林立的工業區。在早她一步投入職場的鄰居姊姊靜順介紹之下，她加入了豆腐工廠的生產線。她告訴自己，堅持一年就好，只要工作一年存到了錢，她就要去上大學。就只要一年。

「蓮慈，我特地煮了一鍋新的白飯，妳怎麼連飯都沒吃就走了？妳宿舍的房間會不會冷？一切都還好嗎？」

「……嗯……都還好。我在宿舍跟靜順姊共用一個房間，我在那裡吃得很好。」

「是啊，妳是得吃飽才行……媽媽什麼都不能幫妳……唉……」

母親的嘆息聲十分沉重。每每聽到那樣的嘆息，蓮慈總覺得有什麼卡在她的胸口，令她喘不過氣。

「……沒關係，等薪水發下來我就寄錢回家。」

「對不起……我們會想辦法的。」

「還能想什麼辦法？爸不是手受傷了，根本沒辦法工作嗎？我會先匯錢回去的。」

「……謝謝……」

善良卻無能的母親、在建築工地當日薪工人的父親，終生都過著貧窮的日子。一年就一次，他們全家人會在聖誕節那天出外吃飯。每次都是到中式餐廳，每次都是七碗炸醬麵配一碗白飯，這就是聖誕晚餐。餐點的數量總是無法跟家裡的人數一樣多，而還在長大的弟妹總是吃不飽，甚至連碗裡的醬汁都要舔乾淨，那模樣著實令人難過。每每看到這幅情景，蓮慈總會將自己的碗推給弟妹，只吃桌上餐廳送的醃漬黃蘿蔔。鹹鹹的黃蘿蔔經過充分咀嚼，吞下肚後再喝下一大杯水，會讓她覺得彷彿自己也吃得很飽。

貧窮實在令人生厭，那充斥貧窮的家也令人生厭，於是她選擇逃離現實。她天真地相信，自己總有一天能過得更好，而那也讓她開始對生活有了希望。

「蓮慈，今天公司要聚餐，我們一起去吧。」

靜順掛上電話，轉過身來開心地勾起蓮慈的手。靜順是個漂亮的女孩子。來到工廠工作後，她便找時間穿了耳洞，耳朵上戴著兩個大大的耳環，還會特地到美容室做頭髮、買迷你裙來穿。她身上總是散發濃濃的化妝品香精味。蓮慈臉上掛著淡淡的笑容，搖了搖頭表示拒絕。她只打算在這裡待一年，並不想跟工廠的人有太深入的牽扯。「我不會在這裡待太久。」蓮慈再一次堅定決心，輕輕撥開靜順的手，她獨自回到宿舍房間。她想在工廠工作一年，存到錢後便去上大學、找工作、跟個平凡的男人結婚生子。她只想要一個孩子，是男是女都無所謂。她希望他們能住進一間小公寓，偶爾去旅行，家裡有幾個人就能吃幾碗炸醬麵，還能點上一盤糖醋肉。她想過著普通的生活，這就是蓮慈的夢想。然而「像別人一樣過著普通的生活」卻是世上最困難的事。

「蓮慈，妳今天噴香水啦？」

「沒有啊，我沒有香水。」

「是喔？妳今天的味道跟平常不太一樣耶，眞好聞。」

靜順用蓮慈討厭的方式摟著她的肩，不停聞著她身上的味道。靜順的嗅覺從小就很靈敏，甚至能在巷口聞到今天晚餐廚房煮了些什麼。

「啊……應該是因爲我今天用了新的肥皀。」

蓮慈有些難爲情地笑著。靜順把頭從蓮慈的肩上抬起來，露出開朗的笑容。

「看吧？我說中了，妳今天就是不太一樣嘛。我都是靠味道來加強記憶的，現在我會記住妳的肥皀味。嗯，眞好聞，就像小寶寶的味道。我也可以用用看這個肥皂嗎？」

「……嗯，好。」

「太棒了，那妳也可以偶爾用用我的化妝品！」

蓮慈點點頭。靜順是好人，是溫柔的人，多情且溫順，讓人無法打從心底討厭她。跟她在一起，沒有人會不開心。靜順就是這樣的人。

「對了，姊……今天聚餐是要去哪吃啊？」

「今天？聽說是要去中式餐廳喔。」

「……中式餐廳？啊……那我要不要也去啊？」

「好啊！當然好！走吧！」

或許這樣就是一種平凡，這樣就是像別人一樣平凡地過著生活。蓮慈抬頭仰望天空，同時在心中叨念著。記得那是一個萬里無雲的晴空。

「阿姨，麻煩我們這邊每個人一碗炸醬麵，每一桌都來一份大的糖醋肉和八寶菜。」

超過二十名員工來到中式餐廳吃午餐。工廠的班長偶爾會像這樣，用公司的錢來拉攏員工的心。他乾淨白皙的外型就像個有錢的公子哥兒，但如果眞的是，又爲何會來這間工廠當班長呢？蓮慈感到很好奇。即便好奇，她也從不過問。因爲不提問就不需要與人對話，也就不會產生誤會與衝突。一旦跟人拉近距離，有了過多牽扯，只會給她徒增困擾。原本只打算維持一年的工廠生涯，如今已邁入第三年。她甚至不願意去問自己怎麼會這樣，因爲問了也只是讓自己頭痛。蓮慈攪拌碗裡的炸醬麵，夾起一口麵塞進嘴裡，再夾起一塊酥脆的糖醋肉。咀嚼的同時，她腦中想的是上個月住院的父親需要龐大的醫藥費。

「蓮慈小姐，沒有人會跟妳搶啦，妳吃得這麼急，等等會消化不良喔。慢慢吃吧。阿姨，麻煩我們這邊再來一瓶汽水。」

蓮慈還來不及回應，便被嘴裡塞滿的食物嗆得咳了幾下。班長拍了拍她的背，還抽了張衛生紙給她。

「啊……謝謝。」

「啊哈哈，蓮慈小姐很喜歡吃中式料理吧？每次中午聚餐吃中式料理，妳都一定會來。」

「……啊……對。」

班長把汽水遞給蓮慈，不忘說出他對蓮慈的觀察，這讓蓮慈嚇了好大一跳。她討厭聚餐，卻喜歡在不需要禮讓他人的情況下，盡情地吃炸醬麵與酥脆的糖醋肉，因而只會出席舉辦在中式餐廳的聚餐。有些人會因為她缺席聚餐而給她臉色看，但她並不在乎，反正她明年就要離開這了。為何班長會知道她喜歡中式料理呢？蓮慈內心感到疑惑。

「就是因為這樣，所以我最近才會常常提議要來吃中式餐廳。這樣蓮慈小姐也能加入大家一起吃飯，多好啊？哈哈哈。」

班長豪爽地哈哈大笑，蓮慈則勉為其難地點了點頭，隨後便埋頭繼續吃麵。她得在麵爛掉之前、得在糖醋肉外皮還夠酥脆時趕緊吃完。為了省錢，她總是只吃宿舍提供的飯菜，唯一外食的機會就只有現在。班長應該是很會照顧別人的人吧……蓮慈一邊咀嚼著糖醋肉，一邊盯著八寶菜的盤子想。

聚餐結束離開餐廳時，外頭依然艷陽高照。熾熱的夏日陽光，讓人幾乎睜不開眼，只能皺起眉頭。七月的太陽高掛，班長卻遞了一杯熱咖啡到蓮慈面前。蓮慈望著他，不知該不該接過那杯咖啡。班長對她說：

「妳不喜歡喝咖啡嗎？吃完炸醬麵得喝杯咖啡才會感覺通體舒暢啊，哈哈哈。」

「啊……是……我喝，謝謝。」

那是個站著不動也會汗流浹背的夏日，接過熱騰騰的咖啡，蓮慈有些手足無措。她並不喜歡咖啡，養成依賴這些非必要飲品的習慣，只會製造多餘的開銷。無法盡情享用喜歡的東西會令她難受，因此乾脆從一開始就別讓自己有喜歡的機會。沒有期待就不會有失望，不讓自己去喜歡上某些事物，就能減少失望的機會。比起喜歡什麼，蓮慈更習慣放棄。

爲什麼今天班長這麼愛跟自己搭話？壓力好大。

「我看妳幾乎都不跟別人往來，蓮慈，妳放假的時候都在做什麼啊？」

「……那個……我……沒在做什麼。」

「那這個禮拜要不要跟我去看電影？」

「……」

蓮慈從沒去過電影院，不知道該如何回答這個問題。

「看完電影之後，我再請妳吃妳喜歡的炸醬麵跟糖醋肉，哈哈哈。」

「那……好吧。」

聽到蓮慈回應，看上去忠厚老實的班長便露出笑容，率先邁開大步帶領眾人往工廠走去。蓮慈流著斗大的汗珠，連手心也冒出汗，浸濕了不斷散發熱氣的紙杯。等到班長離開，蓮慈才終於回過神來，喝了一小口咖啡。

這麼個熱氣蒸騰的夏日，陽光熾熱，整個人光是站著不動，都會覺得彷彿就要融化了一般。

☼☾

砰砰砰！砰砰砰！砰砰砰!!

一早，蓮慈便在劇烈的敲門聲下醒來，來人彷彿下一秒就要破門而入似的激烈地敲著門。後來的每一個假日，蓮慈都與班長一起出去看電影，並以炸醬麵和糖醋肉作為約會的結束。一天，蓮慈發現自己懷孕，她決定搬離工廠，他們在工廠附近找了一間小套房住下。然而班長卻以要照顧生病的母親爲由，一星期有三、四天都睡在老家，總是留下蓮慈一人在家。

他是忘了鑰匙嗎？懷孕九個月的蓮慈拖著沉重的身體前去開門。門才一開，她便感覺臉頰一陣刺痛、眼冒金星。究竟發生了什麼事……？

「妳這賤女人！竟然膽敢勾引有家庭的男人，甚至還懷孕？眞是個不要臉的女人！妳來工廠上班，是故意要勾引我老公的吧？」

那名女子怒火中燒、大發雷霆的模樣，讓蓮慈突然覺得自己好渺小。這是什麼意思？剛才那個耳光讓她的腦袋嗡嗡作響，完全無法思考。她摸著熱燙的臉頰開口問道：

「您在說什麼啊？您是不是找錯人了？」

「住在妳這裡的那個工廠班長，他是我老公！我們已經有兩個小孩了！」

聽到這句話，蓮慈腦袋一片空白，不知該做何反應。那名女子推開蓮慈衝進屋內，抓起家具就摔。所謂的不幸、所謂的意外，總是在沒有預告的情況下突然上門。我們難道無法預知什麼樣的不幸正在等著自己，試著讓自己能提前避開不幸，或爲了承擔不幸而做好準備嗎？不幸是否會召喚下一次的不幸，進而使每一次的不幸都比之前更加巨大？

縱使在兩人相處的過程中，蓮慈心中總是感到莫名不安，也有無法釋懷的疑惑，但她始終沒有開口詢問。班長當初說因爲母親生病，要等孩子出生後再登記結婚、辦結婚典禮。現在卻有人跑來告訴蓮慈，這個男人其實是個有婦之夫？怎麼可能？那她肚子裡的孩子呢……？他們的孩子該怎麼辦呢……？

就在這一刻，蓮慈感覺自己的雙腿之間有一股溫熱液體流出。或許是孩子想拚命證明自己的存在，才會藉著這種方式引起她們的注意。那名女子見蓮慈雙腿之間不斷流出鮮血、雙手也沾滿血的模樣，隨即尖叫了起來。

「天啊，怎麼會這樣！！妳羊水破了嗎？這個混帳東西跑哪去了？我眞是要瘋了！」

爲同一個男人養育孩子的兩個女人，此刻面面相覷。蓮慈直覺意識到，能夠幫助自己的就只有眼前這個女人。她連站的力氣都沒有，只能捧著肚子趴跪在地上向那名女子哀求。

「對不起……我……孩子好像要出來了……請幫幫我……拜託……」

蓮慈感到一陣恍惚，意識越來越模糊。孩子，她得保住這個孩子才行，她得守護這個孩子。然而一股就要將身體撕裂的痛苦朝她襲來，將她帶入某段回憶裡。那是一段令她過於疼痛，因而徹底塵封在記憶深處，許久未能想起的回憶。

「蓮慈，這給妳吃，妳在這裡等著，媽媽很快就回來。」

那天，媽媽特地讓她穿上漂亮的衣服，精心梳整頭髮，帶著她來到人來人往的火車站，還買了牛奶跟麵包給她，並要她在那裡乖乖等著。母親看起來像是下定了什麼決心，表情相當堅決。鬆手的那一刻，她能感覺到母親有些遲疑，母親的指尖似乎忍不住顫抖。如果你眞心愛一個人，那你甚至能從他的指尖感受到他的情緒。小蓮慈很想問問媽媽怎麼了，卻沒能問出口。始終是滿面愁容的母親，今天看起來格外輕鬆。

蓮慈抱著娃娃，一直看著母親的背影，直到那背影徹底隱沒在人群之中，她才終於開始哭泣。她無法放聲大哭，只能邊喝牛奶邊啜泣。麵包不能太快吃完，因爲母親不會立刻回來。五歲的蓮慈直覺知道，母親或許要花很多時間才會回來。年幼的孩子總是能察覺大人的情緒。蓮慈哭累了，便在候車室的長椅上睡著了。

「蓮慈，媽媽來了。對不起，我的寶貝，妳等很久了吧？媽媽對不起妳……」

漆黑的深夜，一度擠滿人的候車室此刻已經熄燈，母親哭著將獨自睡在長椅上的蓮慈抱在懷裡。這時，蓮慈才終於敢放聲大哭，而她的雙腿之間也跟著有一股溫熱液體流出。她擔心母親可能會在自己去廁所的時候回來，一直憋著的尿意終於在這時爆發。母親為何又回來了？為何將穿得漂漂亮亮的自己留在車站，最後卻又選擇回頭來找她？她沒有問母親，只是緊握著母親的手放聲大哭。那天之後，蓮慈便不曾哭得如此赤裸。

「振作點！我們去醫院！妳可不能生在這裡啊！我又不會接生，唉唷，我真是要瘋了！」

那名聲稱自己是班長老婆的女子，大喊著把蓮慈搖醒。我男人的老婆應該是我，是我才對……她雙手扶著肚子，祈禱著雙腿之間那溫熱的東西千萬不要是孩子，隨後就在痛苦的襲擊之下暈了過去。失去意識之前，蓮慈在想，人生可不能這樣對我啊，不該這樣啊。

人在心境上陷入絕望時，唯一能支撐下去的理由，是因爲知道寒冬過去將會迎來希望。希望能左右人的生死。經歷生機盎然的春季、炙熱燃燒的夏季、寒涼寂寥的秋季之後，終究會來到的希望總能帶給人活下去的動力。如果連希望都沒有，那我們該如何走過這艱苦的人生？

蓮慈約好跟宰夏在洗滌所碰面，原來山茶花在十月也會開。她看著洗滌所門口盛開的山茶花，思考著關於希望的課題。她撿起掉在地上的山茶花瓣，捧在掌心細細端詳了好一會兒。

「好美，眞的好美，我們宰夏也看到這麼美的東西了嗎？」

蓮慈掏出手機，對著掌心的山茶花瓣拍照，也拍下洗滌所入口的花朵，並將照片傳給宰夏。據說看見好東西時，腦海中第一個浮現的人，就是你最心愛的人。吃到美食的時候想一起分享的對象，也就是你心愛的人。宰夏，光是呼喚這孩子的名字，就能讓蓮慈升起滿滿愛意。蓮慈俯瞰這座睽違已久的小鎭，聞著混雜了鹹鹹海風的空氣，她回想起住在靜順家隔壁的日子。

宰夏出生之後，原本一個月來訪一次的男人，後來變成兩個月來一次，再到後來就乾脆搬出了那間房子。即使四歲的宰夏拉著他的褲腳，男人仍狠心離去。爲了想過上更舒適的生活，他頭也不回地離開這個屋內連廁所都沒有，得到戶外去解決生理需求的擁擠小套房。而蓮慈更是緊咬著牙，絲毫沒有挽留他的意思。

爲了生存，蓮慈做盡所有能做的工作。餐廳廚娘、家事幫傭、工廠女工，凡是能做的事情她都一肩扛起。一天，靜順來到蓮慈工作的餐廳找她。

「蓮慈，妳怎麼會變成這樣！妳這些日子究竟是怎麼過的！」

兩人重逢一個月後，蓮慈來到靜順生活的海邊城鎮，也就是現在她所在的這個地方。辭去工廠的工作後，靜順報名了美容學校，畢業後找到一份美容室的工作，存了點錢便來到這座城鎮開設美容院。她沒有結婚，至今都是一個人生活。她用開美容室賺來的錢買了間小房子，並把多的房間租給宰夏和蓮慈住。蓮慈成了餐廳的廚娘，下班後則替靜順打理家務。蓮慈的手藝絕佳，能用一點點食材做出美味的料理。她們住在冬暖夏涼的房子裡，吃著正常的三餐，一起將宰夏扶養長大。開始跟靜順一起生活後，宰夏有了足夠的營養，也漸漸開始長肉了。

靜順因癌症末期而去世的那天，蓮慈好想也跟著她一起離開，卻因爲宰夏而選擇留下來。記得宰夏剛出生時，蓮慈將小巧溫軟的嬰兒抱在懷裡，她便知道自己從此不再有選擇死亡的自由。

她也知道，自己已沒有餘力再去爲活著賦予過多的意義。既然出生了、既然來到世上，就要想辦法活下去，因此她至今仍然活著。她一點都不知道，自己是怎麼走過這段時間的。雖然這些都已經過去，但回想起來，仍像昨天一樣歷歷在目。

等等，靜順姐的家應該是從這個山坡下去，再往那邊的巷子走去就會到了，不知道那房子還在不在？

「天啊，這不是蓮慈嗎？妳過得好嗎？都多久沒見啦！妳怎麼還是這麼美啊？」

「哎呀，阿姨妳好！妳都沒變呢，身體都還好嗎？」

「我啊，就經常這裡痛那裡痛的，不過沒生什麼大病，沒事啦。人老了，身體就是會有這些問題嘛。宰夏最近也常來我這裡吃飯喔，妳是來找他的嗎？」

小吃店老闆拖著腿，一拐一拐地拿著剛採購完的食材回來。看到蓮慈，她欣喜地迎上前去。老闆伸出一雙滿布皺紋的手，握住蓮慈那也開始略顯老態的手。兩個女人透過掌心感受彼此的體溫，那一刻的感受勝過千言萬語。

「是啊，之前都忙著工作，現在才來看他。他跟我約在心靈洗滌所碰面。這孩子之前一直都叫我不要來，現在可能是想我了吧。昨天接到他的電話，我就趕緊跑來了。」

隨著宰夏考上大學，蓮慈也決定搬到宰夏的大學附近居住。沒想到才搬過去，宰夏卻又說想學電影而有意轉去其他學校。沒過多久宰夏說想搬出去獨立生活看看，便決定跟蓮慈分開來住。最後宰夏輾轉經過幾次搬遷，來到小時候曾經生活過的海邊城鎮落腳。回想起來，對宰夏跟蓮慈而言，住在這裡的那段日子是最讓他們感到幸福的時光。

「那眞是太好了。心靈洗滌所門是開的，妳可以先進去裡面等。我們織恩老闆人非常好，妳先進去吧。」

「好，那我就先進去。我們宰夏也說洗滌所老闆泡的茶很好喝，要我在這裡等他下班，也喝喝老闆泡的茶。他說他已經先跟老闆講好了，呵呵。」

「哎呀，這孩子從小就是這樣，好東西就會想跟媽媽分享。記得以前啊，其他孩子拿到巧克力派都會自己一個人吃光，就只有他會放進書包裡，說要回家跟媽媽一起分著吃。眞是可愛的孩子，哎呀，我怎麼說著說著就流眼淚了？肯定是老了。好啦，妳快進去吧，等等要走的時候再來我這裡吃點東西，知道嗎？」

「……好，謝謝。」

小吃店老闆拉起圍裙抹了抹眼淚，隨後便轉身離開。蓮慈則朝心靈洗滌所的大門走去，她每走一步，紅色的花瓣便會往兩旁退開。看著在腳尖盤旋的花瓣，蓮慈禁不住睜大了眼。那是一陣花瓣旋風，爲她開出了一條花路。

「你們是從哪來的？眞美……」

環繞在蓮慈腳旁的花瓣，像是要催促她加快腳步似的，在腳尖處不斷繞著圈。這是她出生以來頭一次見到如此美麗的情景。蓮慈在花瓣的帶領下，來到洗滌所的門口。她推開門走了進去。

她推開門的那一刻，等待多時的織恩便主動上前去迎接。織恩圓潤飽滿的額頭、溫柔的笑容，像極了蓮慈記憶中的靜順。看見織恩的那一刻，她驚訝得幾乎就要忘了呼吸。織恩握起了蓮慈的雙手，鄭重地向她問好。

「歡迎光臨，這裡是能爲您洗去內心污漬、熨平靈魂皺褶的心靈洗滌所。」

花瓣在兩人之間環繞。在洗滌所後方，偷偷觀察蓮慈因花瓣而開心的宰夏身旁，也有花瓣環繞著。宰夏對那些花瓣說：

「這世界上我最愛的女人就是我媽媽，拜託你們好好照顧她了。」

圍繞在宰夏身邊的花瓣層層堆疊起來，像是在告訴宰夏，它們明白他的意思。花瓣散開來朝洗滌所內飛去，宰夏轉身朝海邊走去。他好想噗通一聲跳入大海，讓海水擁抱自己。海裡藏著許多故事，海水會帶著人們的祕密，讓祕密隨著波濤消散，所以大海才會如此深邃。

☼☾

「宰夏媽媽，妳可以找個喜歡的位置坐下。我去泡杯茶，妳喝熱茶嗎？」

跟著花瓣一起進入洗滌所內的蓮慈站在門口，顯得有些遲疑。她不太熟悉這樣的熱情與款待，面對這類陌生的情況，她總是習慣性地產生警戒心。然而宰夏說這裡是個很棒的地方，想必這裡的人也絕對不會危害自己。蓮慈雙手緊抓著斜背在身上的包包，選擇坐在離大門最近的位置。

等待蓮慈坐下的同時，織恩一邊泡著茶。有些人能夠毫不猶豫地接受陌生環境與狀況，有些人則對陌生的一切感到恐懼。這麼長的歲月裡，在準備給人遞出一杯溫熱的茶之前，織恩學會了等待，學會了尊重有些人就是需要有時間才能放下警戒的需求。

蓮慈環顧整個空間，室內播放著令人放鬆的鋼琴曲。這是宰夏的朋友海寅喜歡的音樂，記得以前海寅來家裡玩時，他們都會播這音樂來聽。聽著音樂，蓮慈也拿出手機查看是否有宰夏傳來的訊息。宰夏似乎還沒下班，那就不該打擾他。蓮慈鬆開緊握著背包背帶的手，輕輕將背包放在一旁的椅子上。如此安靜的時刻，卻絲毫不會讓人感到不自在。

織恩端著自己用心泡好的茶來到蓮慈面前，蓮慈鼓起勇氣開口。

「妳好，我聽宰夏提過妳的事。宰夏是個很有想像力的孩子，他總是能把故事講得非常有趣。我想這間洗滌所似乎是用非常特別的概念，來處理洗衣服這件事呢。」

織恩小心翼翼地放下茶杯，對著蓮慈露出淺淺的笑容並點點頭。蓮慈沒有迎上織恩的視線，而是拿起茶杯來喝了一口。年紀約莫五十五歲左右的蓮慈，束起的頭髮梳得十分整齊，她身穿白色針織衫搭配黑色西裝褲，外頭罩著一件駝色的棉質夾克。脂粉未施的蓮慈臉上光滑白淨，手卻相對粗糙許多。那雙曾經柔嫩的小手，如今長滿了厚厚的繭。蓮慈緩緩喝著那杯安慰茶，約莫喝到一半，才開始漸漸感到放鬆。有時比起魔法，尊重對方需要時間緩和心情，反而更有助於將污漬清洗得乾乾淨淨。

「我平時很少喝茶，但這茶眞的很好喝……」

放下了警戒心，蓮慈露出羞澀的笑容。織恩走出了吧台，來到蓮慈這一側坐下，兩人之間隔了一張空椅子。之所以選擇跟蓮慈坐在同一側，是因爲她覺得不要面對面，才能讓蓮慈比較放鬆。

喝完安慰茶後，蓮慈不自覺脫下夾克，將夾克摺好後放在背包上頭。接著她鬆開了圍巾，織恩心想，就是現在了。

「這是只有心靈洗滌所才能喝到的安慰茶。是我自己親手調製的特別配方，要不要再喝一杯呢？」

「啊……好……這樣一直喝妳的茶眞是不好意思。」

「沒關係的。宰夏不是找到好工作了嗎？我們已經講好等他來再算錢了。」

一說到宰夏，蓮慈便忍不住露出笑容。接過織恩爲她倒的第二杯茶時，她的心情比剛才更加放鬆。喝了一小口後，蓮慈便呆望著某處說道：

「我眞的好久沒回來這裡了。宰夏說希望我能來這個地方，放下過去那些讓我難過的事情。眞沒想到我來了之後，居然感覺心情輕鬆不少。謝謝妳。」

蓮慈小小聲地說完，織恩便自然地往旁邊挪了一格，坐到蓮慈身旁。兩人的距離拉近，織恩也將白色T恤放到蓮慈右手邊，並悄聲說道：

「雖然類型有些不同，但每個人心裡都會有曾經受過的傷和痛苦的回憶，那些都會讓人們感到難過。去除怎樣的回憶，能夠讓妳更快樂呢？宰夏說，他很希望能夠爲妳洗去心靈的污漬。請妳穿上這件衣服上到二樓，閉上眼睛回想妳要洗去的回憶吧。然後再把這件衣服交給我，我會爲妳把它洗乾淨。」

「宰夏這樣說嗎？這孩子……何必去在意這種事呢……這孩子也眞是的，不需要擔心這些瑣碎的事啊……」

接過織恩遞來的衣服，蓮慈像在對待最寶貝的孩子一樣，溫柔地將衣服抱在懷裡，眼眶也泛出淚來。宰夏一直都是這樣，是個容易想很多的孩子。明明年紀還小，卻這麼成熟，還懂得照顧媽媽的感受。但正是因爲這樣，才更讓蓮慈感到心痛。這孩子從不曾對媽媽耍賴，因此當他坦承內心的想法，表示說想學電影的時候，蓮慈其實有些開心。

嘆了口氣後，蓮慈說：

「想洗去的心靈污漬啊，那可多囉，眞不知道該先從哪個污漬清理起才好。人家都說時間是最好的良藥，這句話雖然惹人厭，但確實沒有錯。有些事情發生當下明明很痛苦，但事過境遷之後，會發現那些事情其實沒什麼。那些時刻確實讓我心痛，卻也讓我懷念。」

靜靜聽完蓮慈的話，織恩問：

「都是些怎樣的回憶呢？」

「像是宰夏小時候，我們住在社區裡租金最便宜的房間。但是有一天房東突然告訴我，要我下個月就搬出去。又像是我因爲實在沒錢，只能在白天工作結束後，晚上再去餐廳打工。因爲眞的沒有人能幫我照顧宰夏，所以我一開始還把他帶去餐廳，結果餐廳的人一直給我臉色看。我在那裡洗碗，孩子也幫不上忙啊。

所以在靜順姐來找我之前，我有大概一個月的時間，出外工作時都會把他一個人留在家裡，還從外頭把門鎖上。小男生不是精力很旺盛嗎？宰夏小時候很好動，我又不可能在工作時把他綁在身上不讓他跑……但把他一個人丟在家，又很怕他會自己跑到外頭去。當時我最害怕的事就是弄丟孩子，而且他才五歲，也不可能自己找到回家的路，所以我只好從外頭把門反鎖。雖然是爲了安全不得不這麼做，卻也讓我很心疼……孩子在家裡哭個不停，讓我實在捨不得離開……我們兩個每天就這樣隔著一道門哭個不停……」

「……」

織恩沒有回答，而是緊緊握住蓮慈的手。感覺織恩的溫度透過掌心傳來，蓮慈沒有伸手擦眼淚，而是任由眼淚靜靜流下。

「雖然他年紀小，但可能也是知道我在門的另一頭哭，所以只哭了幾天，之後就沒有再哭了。他緊咬著嘴唇強忍著不哭的樣子……實在讓我很心痛，讓我在上班路上又一個人哭了好久。我在孩子面前哭，孩子不知道有多難過呢？

「我一直到了這個年紀才知道，原來孩子都比父母堅強很多。後來靜順姊來找我，即使我知道搬來這裡會給她添麻煩，但還是厚著臉皮住下來了。靜順姊的個性很開朗，她就像太陽，溫柔、聰明且很愛笑。」

蓮慈回憶起靜順，臉上露出淺淺的笑容。寄住在靜順家、給她添麻煩總讓蓮慈感到抱歉，但靜順每一次都只是擺擺手說：

「蓮慈，像我們這種從小到大都不被愛的女人，就更要相親相愛、團結在一起。那些在愛中長大的小孩，不都會像太陽一樣發光發熱嗎？像我們這種個性陰沉的人如果跟他們待在一起，肯定會因爲陽光太強烈而被燒死。我們就團結在一起，替彼此遮擋陽光吧。戀愛這件事啊，過程也讓我覺得很難受，我實在是膩了，更不用說找個伴結婚了。所以妳就待在我身邊吧，我很孤單，需要有人陪。與其說是妳需要我，應該說是我更需要妳。」

不管是「待在我身邊」還是「我需要妳」，都是蓮慈這輩子從沒聽過的話。即便這是靜順爲了讓蓮慈心裡好過一些而說的場面話，依然讓蓮慈感到十分深刻。如陽光一般耀眼的靜順，內心同樣有不爲人知的傷，蓮慈卻因爲自己已經傷痕累累，而沒能注意到這點。

後來，蓮慈更加用心地爲靜順做飯、洗衣。靜順的工作得站上一整天，因此到了晚上，蓮慈便會特地替靜順放洗澡水讓她能泡澡。蓮慈與靜順只差了兩歲，卻在生活中扮演彼此的父母，給對方提供無微不至的照顧。靜順得了癌症，卻不願在醫院結束自己的一生，因而拒絕接受化療，選擇回家度過人生的最後幾個月。在靜順臨終之前的每一段回憶，對蓮慈來說都像昨天才發生一樣清晰。

「仔細想想，我很想念當時跟我住在一起的靜順姊，她已經不在這個世界上了。現在我好像知道，爲什麼宰夏會叫我一定要來這了。這裡眞的有一股力量，能讓人放鬆心情。還有剛才那些花，眞的好美。」

織恩感覺自己似乎早就已經認識蓮慈。她專注聽著蓮慈說話的聲音，帶著笑容頻頻點頭回應。她想就這麼聽著，直到蓮慈將心裡所有想說的話都說出來。蓮慈陷入自己的思緒之中，隨後才接著開口說：

「有件事我很後悔……宰夏的爸爸後來有聯絡過我。那是宰夏高中的時候，他說他生病就快死了，沒剩多少日子，希望能夠見宰夏一面……這個人從來沒有爲扶養宰夏盡一份心力，可能是要死了，才希望至少能見這個兒子一面吧。我問宰夏要不要去看他，宰夏拒絕了。我無法說服他，因爲宰夏是個一旦下定決心，就不會輕易改變的孩子。

「後來我接到聯絡，說那個人死了。我想說畢竟是自己的父親，宰夏還是得去參加一下告別式才對，便沒有事先告訴他，直接帶著他到殯儀館去了。我們在殯儀館門口站了很久，後來沒進去就直接離開了。當時宰夏說不要進去，但我應該要拉著他的手帶他進去，至少讓他看看父親的遺照……可是我也不知道看了遺照要做什麼……就是這樣。」

提起那個男人，蓮慈沒有流淚，爲那個人哭泣實在是一種浪費。

「老闆，我是不是說太多了？抱歉，但這樣講出來之後，我感覺心裡舒坦多了。謝謝妳，妳笑的樣子跟靜順姊實在太像了，害我嚇了一跳呢。也可能是因爲這樣，我才會說這麼多話吧。」

蓮慈用手帕擦了擦眼淚。織恩想起自己曾經在某一次的人生遇見過蓮慈，只是印象已經非常模糊了。她本以爲自己的記性很好，但畢竟重生了上百萬次，如今要記得所有事情也都有些困難。

「妳說的故事很精采，而且我很喜歡聽別人講自己的故事。其實我也覺得妳有一股熟悉感，也許我們曾經在哪裡見過吧。」

爲蓮慈倒了第二杯茶，接著織恩也喝起茶來。這是專爲蓮慈調製的茶，若身爲洗滌所老闆的織恩也喝下同樣的茶，便能與客人共享他們的情緒。音樂聲不知何時已經停下，但這樣的靜默反倒讓她們感到自在。

「不過啊，宰夏媽媽，我只能幫妳清洗一個污漬。請妳穿上那件衣服，選擇要清洗的污漬吧。」

閉著眼的蓮慈這時睜開了雙眼，轉身面對織恩，她有了能正視織恩雙眼的勇氣。她不再哭泣，臉上帶著一抹笑容。

「跟妳第一次見面，我居然就在妳面前哭成這樣，我知道這很失禮，但這樣哭了一場，反而覺得暢快多了。我眞的好久沒有哭了。」

「沒關係的。這份工作做久了，客人不在我面前哭反倒會讓我覺得很奇怪呢。」

織恩說完，兩人咯咯笑了起來。笑了好一陣子，隨後她們同時喝了一口茶，並放下手中的茶杯。

「我跟妳說，以前我一直覺得，這些不幸與傷痛讓我很難受。可是活了這麼些年，我反倒開始珍惜自己在人生路上所受的傷。我的不幸不單單只是不幸。最近這段日子，我眞的過得很幸福、很自在。傍晚搭公車回家能看見美麗的晚霞，會讓我幸福到想哭。有時候我在白天搭公車，整輛車上只有我一個乘客，感覺就像我包下了那輛車，要去哪裡旅行一樣。老闆，妳有搭過公車嗎？」

「啊……公車嗎？我家跟洗滌所很近，所以不太有搭公車的需求。」

「幫自己找個搭公車的機會就好啦。下次就搭公車到市區去走走吧。這裡白天的風景眞的很美，透過公車的車窗，也有機會可以觀察人群。」

聽了蓮慈的話，織恩點點頭。公車旅行啊，她這一生的願望清單又增加了一項。

「這世上充滿很多能讓人幸福的事。有時候我不小心睡得太晚，想說得趕快去上班，匆匆忙忙睜開眼睛，才發現那天是週末。我喜歡現在的日常生活。當然，很多時候，我都想要遺忘那些曾讓我感到不幸的傷痛，可是我也很清楚，正因爲有那些過去，我才會知道現在的日子很美好。我不想消除我的不幸，要有那些時刻，才有現在的我，也才有宰夏。」

「啊……是……」

蓮慈這一番話，讓織恩感到驚訝。她眨了眨眼，而原本在蓮慈身旁準備要引導她的花瓣，這時也停了下來。看似脆弱的蓮慈，實際上無比堅強，她願意敞開心胸擁抱自己的傷痛。她說話的聲音就像山谷間的回聲，在織恩心裡一層一層傳遞開來。回音的聲波化作音符，奏起一首樂曲。在織恩耳裡，蓮慈的話就像音樂一樣動聽。

「老闆，我現在在上網路大學，學諮商心理學。學了之後發現，我受的這些傷，幫助我更能去理解、同理別人的傷。人生眞的很奇妙，當時我眞的很痛苦，還一度求老天爺別再這樣折磨我，但現在回想起來，那些都是我人生的一部分。如果沒有這些傷，那也沒有現在的我了。

「等我畢業之後，我還打算去讀食品營養。我覺得食物能讓人恢復活力，人要吃飽才會有活下去的力量。我要認眞讀書，然後開一間餐廳，賣能讓人恢復活力的食物。下半輩子我要爲自己賺錢，盡情去學我想學的東西。」

蓮慈帶著羞澀的笑容，穿上抱在懷裡的那件衣服。她嘴上說著不想清洗污漬，卻依然把衣服穿上，織恩竟莫名感到有些緊張，難道蓮慈的心裡，還藏著什麼她看不見的巨大傷痕嗎？穿上衣服後，坐在吧台邊的蓮慈起身看著織恩。

「我不討厭我的人生。如果討厭我過去的那段人生，那我就太可憐了，所以我很努力想喜歡它，而現在我已經接受了自己的命運。往好處想，我覺得我的人生眞的很美，沒有什麼好後悔的。但這畢竟是兒子爲我準備的禮物，我還是接受吧。我不打算抹去任何回憶，只希望妳幫幫我，讓我在回想起那些事情時能不要那麼痛苦。」

蓮慈才一說完，靜靜在旁等待的花瓣便劇烈轉動了起來，織恩也跟著笑了。那些環繞在蓮慈腳旁的花瓣像在替她鼓掌，活力十足地領著她來到二樓洗滌室的熨斗前。蓮慈吃驚地瞪大了眼，看著花瓣在她眼前不停舞動。

「哎呀，孩子們，第二次看到你們還是覺得好美。老天啊，今天眞是神奇的一天。」

活著眞好，既然出生在這世界上、既然活下來了，那就繼續讓自己堅持下去。過去因爲無法自由選擇生命的去留，只能過一天是一天。現在卻覺得既然都活下來了，那就繼續過好往後的日子，有了想過好日子的念頭，也就能感到幸福。創造幸福人生的不是別人，而是自己的決心，蓮慈花了好多時間才終於領悟。幸福也需要練習。沒想到爲了弄明白這件事，竟然得花費這麼多時間，穿越名爲不幸的漫長隧道。

生命所留下的每一道痕跡都很美。人生實在很短暫，沒有時間讓人去想些負面的事，能夠意識到這點並活在當下，實在很美好。蓮慈回過神來，不再沉浸在自己的思緒中。她看著織恩的背影，織恩正用心幫忙將滿是皺褶的衣服熨平。她忍不住想：「靜順姊如果生了個女兒，也許就會是這麼美……」

「來，所有的皺褶都燙平整了。不過，妳應該知道吧？把衣服穿回身上，總有一天它會再出現皺褶。」

「這是當然的。但無論是皺褶還是什麼，那都是我人生的一部分。剛剛燙好的衣服摸起來好溫暖，謝謝妳。」

接過衣服時，蓮慈輕輕握住織恩的手。人與人接觸時，溫度會鑽進彼此的內心，讓人們獲得溫暖、有勇氣繼續活下去。蓮慈與織恩就這麼分享著彼此的溫度，這使織恩的心今天感到格外平靜。

「蓮慈女士，我下班了！妳在這吧？」

宰夏推開洗滌所的門，一邊高聲呼喚蓮慈一邊走了進來。聽見宰夏的聲音，織恩跟蓮慈同時笑了。花瓣圍繞著兩人，將兩人帶到一樓，來到宰夏面前。原本正探頭往二樓看的宰夏，這時被嚇得倒退了一小步。

「嚇死我了，蓮慈女士，妳已經習慣被花瓣載著走了啊？適應力眞強。妳有帶妳做的醃鵪鶉蛋來吧？我有帶白飯來喔，來吃飯吧！老闆，妳也一起吃嘛。蓮慈女士做的小菜可是超美味的喔！」

宰夏爽朗的聲音充斥著整間洗滌所。三人溫暖的笑著，人心的溫度比任何事物都更能讓人感到溫暖。即使這是個冷颼颼的秋夜，洗滌所內依然溫馨且暖和。

「對了，老闆，妳今天洋裝上面的花瓣，看起來好像變成紫色了耶。」

「是嗎？我看起來就跟平常一樣，還是紅色的啊。」

「仔細一看好像又是紅色沒錯。剛才有一瞬間變成紫色……蓮慈女士很喜歡花，害得我也會一直關注老闆衣服上的花，哈哈。」

叩叩叩。

這時，外頭突然傳來敲門聲。會是誰？這時間應該沒有人會來才對。

織恩開了門。

「這裡是心靈洗滌所，對吧？這是李延熙小姐寄來的包裹。」

貨運司機遞出一個小小的箱子，並請織恩簽收。延熙昨天寄的包裹，竟然只花了一天的時間就送到這座海岸城鎮。織恩簽了名，並在司機接過簽收單時注意到他的手腕。司機的左手上，戴著一支數字非常大，連秒數都能看得一清二楚的電子錶，右手則戴著另外一支與手機相連的手錶。兩隻手都戴著手錶的這位司機接過簽收單，鞠了個躬便轉過身去，在簽收單上寫下時間，隨後壓了下帽子便往漆黑的巷子裡走去。就在這時，織恩感覺似乎有人在黑暗中看著她。

「是誰？誰在那裡？」

她對著黑暗出聲詢問，卻沒有任何動靜。織恩有些疑惑，隨後便關上洗滌所的門，走上前去查看眼前那條巷子。她抬起頭來吸了一口氣，將海水的味道、落葉的味道跟冷風的氣味一起深深吸入肺中。她聽見燃燒落葉時發出的劈啪聲。季節的更迭總是固定，從來不會騙人。夏天就這麼靜悄悄離去，秋天接著夏天的腳步降臨。

「是永熙叔叔送包裹來了嗎？老闆，外面又沒有人，妳在幹麼？快點進來吃飯，不然飯菜要涼了。」

宰夏勾著織恩的手說。

「永熙叔叔？」

「對啊，他叫『金永熙』，住在這裡很久了，但從來不說自己從那裡來、以前是做什麼的。鎮上的包裹都是他在送，有些老奶奶住在地勢比較高的地方，他也會幫忙提行李。有需要用到勞力的事情，只要拜託他，他絕對會二話不說來幫忙。我們都叫他永熙叔叔。」

「他真是個好人。我們進去吧。」

該吃飯了，對，是該吃飯了。吃點東西，再努力活下去吧。要像蓮慈說的一樣，搭著公車去參觀這個城鎮，試著活下去。

默念著「活下去吧」，織恩的嘴角微微揚起。

活著，或許是件不錯的事。

吃完晚餐後，蓮慈跟宰夏便回去了。看著這對母子親暱地牽手離去的背影，織恩打從心底希望他們未來能夠過著平靜的生活。當初她開設這間心靈洗滌所，是爲了解開自己給自己加上的永生封印。她本以爲人們都會希望清除自己內心所有的傷痛，但今天遇到像蓮慈這樣，只希望稍稍減輕痛楚的人之後，織恩開始好奇究竟何謂「人心」。

所謂的心雖然看不見且沒有形體，卻具有強大的力量。源自於心的問題，就要從心解決、用心做個結束。心能開出美麗的花朵，卻也能使不幸永遠延續。或許，心就是一切開始與結束的鑰匙。

一邊思考著與心有關的一切，織恩一邊鎖上洗滌所的門，捧著快遞送來的包裹往我們的小吃店走去。話說回來，自己曾經有這樣深入思考關於「心」的事情嗎？即使重生了上百萬次，她卻從來沒有好好檢視過、思考過跟心有關的事。

人心就像一朵花。在溫柔的照護與陽光照耀之下，花會開、會謝、會爛、會發出氣味也會招來蟲子。花凋謝後剩下葉子，然後再一次長出花朵、再一次盛開。

同時具有美麗與悲傷兩個面向，這就是心嗎？世上難道不存在只有美麗這一面的心嗎？不，所謂的美究竟是什麼呢？人們都認爲悲傷與痛苦不美麗，喜悅與歡樂才美麗，但事實或許正好相反也說不定。若發現悲傷與痛苦的美好，發現喜悅與歡樂的不美好，人們的信念或許就會崩潰，因此這樣的眞相才會被隱藏起來。眞是這樣嗎？不曉得。都活了這麼久，爲什麼還是有這麼多不知道的事？

「阿姨，妳還沒休息啊？妳不是說膝蓋會痛嗎？延熙寄了這個要給妳喔。」

「哎呀，是延熙寄來的嗎？這孩子眞乖……何必特地去買這些呢……眞是謝謝她了。」

即使小吃店老闆嘴上說著不需要這樣費心，臉上卻露出相當高興的神情。仔細想想，她最近搥膝蓋的次數似乎增加了。織恩將包裹放在紅色的桌子上，那沾滿了油漬的桌子依然十分黏膩。

「阿姨，這些油漬是不是清不掉了？」

織恩用食指敲了敲桌子，正在切蔥的小吃店老闆停下手上的動作，拿著抹布過來擦了擦桌子。

「這不知道是不是放太久了，都擦不乾淨，怎麼辦？這麼用力擦還是很髒。沒關係啦，我們都是這樣，不在意的人就會來。」

「阿姨，就是因爲這樣，妳這裡外帶的客人才會比較多。如果想讓大家進來裡面吃，那桌子就要乾淨一點啊。要不要我幫妳買新的？」

「哎呀，不用啦，算了。客人要是再多，我一個人根本忙不過來。賺那麼多錢幹麼？現在就夠用了啦。」

聽到織恩說要幫忙買新桌子，小吃店老闆趕緊擺了擺抓著蔥的手制止。要是在這間店裡擺幾張新桌子，的確會有些突兀。堅持使用老舊的白銅鍋配老舊的塑膠盤，確實讓這間店不那麼有距離感。老闆將剛剛切好的蔥收好，拆開織恩送來的包裹，開始一一確認起裡面的藥罐。織恩看著一邊檢視包裹內容物一邊搥著膝蓋的老闆，感覺自己的膝蓋也跟著痠痛了起來。眞是奇怪，難道疼痛也跟情緒一樣會傳染嗎？

「吃了這個膝蓋就會不痛嗎？我最近膝蓋也好痠痛，難道是我……老了？」織恩問。

「眞的嗎？那妳吃吃看這個吧。要趁年輕的時候趕快保養，不然像我這樣老了以後，可就有妳受的了。來，這罐給妳。」

「不用啦，阿姨妳吃就好，我再叫延熙寄一些給我。」

「哎呀，沒關係，這妳先拿去吃，再叫她多寄一些來。」

「那……我就收下囉？」

假裝說不過她，織恩收下了那一罐藥，隨後便起身準備離去。該是洗滌所關門休息的時間了，她知道小吃店老闆總會等洗滌所休息才跟著休息，也因此她現在選擇在白天開門，而不是一直開門營業到凌晨。

在人煙稀少的夜裡硬要坐在店裡打瞌睡，只爲了等到洗滌所熄燈的想法，她一開始並不能理解。但一起度過了幾個季節之後，直到最近她才感覺看到我們的小吃店亮著燈，竟然會有一股安心感。偶爾老闆去醫院看病而沒有開門營業時，織恩也會覺得腳步有些沉重。人還眞是奇妙的存在。彼此之間必須維持適當的距離，卻又要有適當的接觸才能夠好好活下去。

離開小吃店，織恩的手上又提了一個黑色塑膠袋，裡頭裝著兩條熱騰騰的飯捲。爲了織恩隔天的餐點，小吃店的老闆總是會在下班時替她準備兩條飯捲。一手拿著藥罐，一手提著飯捲，織恩推開小吃店的門，站在門口轉頭望向老闆。

「阿姨，妳不要生病，好好照顧自己，要長命百歲喔。看病的錢不要省，要是錢不夠我就多買幾條飯捲，讓妳能好好看病。」

「好、好，多虧了我們織恩老闆，我覺得很踏實。老太婆生病也不是什麼新鮮事，身體這裡痛那裡痛的，我現在就是要好好照顧它，好好過完剩下的日子而已。快回去吧，剛剛接待蓮慈妳也累了吧？今天也辛苦了。」

送織恩離開的同時，小吃店老闆也打了個大大的哈欠。她的一天，也在洗滌所關門後跟著結束。

織恩關上小吃店的玻璃門轉身離開，老闆則在後頭看著她逐漸遠去的背影。曾經骨瘦如柴，即使立刻倒下也不會讓人感到奇怪的織恩，現在正一點一滴找回生機。不曉得織恩究竟知不知道，小吃店老闆每天給她的兩條飯捲，裡頭包的都是不同的食材。就算不知道也無妨，只要她乖乖把那些飯捲吃完、有好好吃東西就夠了。

話說回來，小吃店老闆身邊還留著一些花瓣，沒跟著織恩一起返回洗滌所。

那些紅色花瓣拼湊成一個人的形狀站在那裡，小吃店老闆伸出手指戳了一下。

「花瓣啊，別擔心，凡事都講究時機，很快就會有好事發生的。只要相信會有好事，就一定會有好事，所以你們也別太擔心，快回去你們該在的地方吧。」

老闆說完，她身旁的花瓣轉了幾圈便消失了。身邊的人為自己著想、自己也為身邊的人著想，感受到彼此的體貼，在這樣充滿溫度的夜裡，連夢也變得香甜，就連照亮巷弄的皎潔月光，似乎也都露出隱約的微笑。身處黑暗之中，有時並不完全令人絕望；身處在光芒之下，也不見得總是滿懷希望。黑暗中也有微光，光芒之中也有黑暗。

這是個平靜的夜。

傳聞乘著海風飄至各地，使得山丘上的心靈洗滌所有段時間都擠滿了人。有高中生希望抹去考試搞砸了的難受心情，還有許多人帶著他們心中樣態與故事都大不相同的各式傷痕來到這裡，而織恩則爲了清洗這些污漬、安撫他們的傷，忙碌地度過每一天。她辛勤地煮茶、聆聽人們的故事、送走花瓣，洗衣機與熨斗也都忙碌地運轉著。

直到星期五晚上，洗滌所才稍稍沒那麼忙碌。爲了下星期的營業，織恩決定早點關門休息。她關上招牌的燈，並將花瓣送到海邊。花瓣在空中繞著圈，乘著風散發香味。當織恩決心在這一生使自己擁有的兩種能力更加完整，並且就讓自己的生命在此終結之後，她活得比任何一世都要更加充實。「死」與「生」僅僅一線之隔，重量卻截然不同。因爲決心要死，今天的她才會更認眞去活。

每當宰夏跟延熙在下班後來到洗滌所時，海寅偶爾也會加入，來這裡一起聽音樂、吃飯。海寅說他正在準備個人攝影展，延熙則是因爲連續十年獲選最優秀員工，晉升成爲總公司的服務教育組長而開心得不得了。

他們分享彼此的日常，每一天都感到平靜無比。平靜，她眞能享受這樣的生活嗎？眞的可以嗎？每每感到平靜或幸福，她總會對那些心中最思念的人感到抱歉。帶著滿懷思念與歉意，織恩一邊將白色的T恤一一摺好放入抽屜裡。

「要幫忙嗎？」

接近傍晚時分，海寅帶著餅乾走進洗滌所，來到正在摺衣服的織恩身旁。織恩沒有開口回答，而是用眼神示意請海寅幫忙。滿臉笑容的海寅見狀，便在織恩身旁坐了下來，動手摺起衣服。這些雪白乾淨的T恤，散發著陽光的氣味，讓人心情十分舒暢。

「這些衣服又白又好聞，感覺眞棒，就像妳一樣。」

「什麼？」

「嗯？我剛剛有說什麼嗎？」

「你說又白又好聞，感覺很棒，就像我一樣。」

「……啊……」

海寅沒意識到自己將內心的想法脫口說出，聽到織恩複述自己剛才的話，耳朵瞬間紅透了。

「這該怎麼辦？」

「什麼怎麼辦？我就是又白又乾淨又好聞，所以可以讓人心情變好啊。」

「……什麼？我怎麼老是會這樣自言自語就把內心話說出來啊？我本來沒有這麼多話啊，眞是的……」

看著有些懊惱的海寅，織恩忍不住笑了，這人還眞是單純啊。

「也許你是想把這些話告訴我吧。你現在很閒嗎？」

「嗯，對，很閒。」

「那幫我把這些衣服都摺好吧，我得去整理一下二樓，謝囉！」

將所有T恤交給海寅，織恩轉身離開，紅色花瓣也繞了個圈，將兩人包圍了起來。

砰、砰、砰，好奇怪，心怎麼跳得這麼快？兩人將手輕輕按在胸口，他們背對著彼此，沒能看到對方跟自己做出了相同的動作。

「兩個人一起整理，很快就能完成了。今天我有點累，眞的很謝謝你幫忙。

如果你有空的話，要不要也幫我把衣服晾起來？」

「好啊，我很願意幫忙！」

才說完，紅色花瓣便聚集在兩人腳下。在腳下旋轉，將兩人撐起的可愛花瓣，有就像艾蜜莉．狄金森的詩句一樣，是所謂的「心靈的馬車」*。一個人墜入情網需要多少時間？所謂的心動，就是這種感覺嗎？這陌生的心情，讓織恩有些慌張，可她並不討厭這樣的陌生。

「這些花瓣眞美。」

「很美吧？這漫長的時間裡，都是多虧了它們，我才不會感到孤單。」

「那眞是太感謝它們了。」

「雖然太陽已經快下山了，但陽光還是好暖和，眞是很適合晾衣服的天氣。」

織恩從籃子裡拿出洗好的衣服交給海寅，海寅會在接過衣服後甩個兩下，再將衣服整整齊齊地晾在繩子上。午後的陽光，在兩人身後發出溫暖的光芒。

---

*出自狄金森的詩作〈心靈選擇了她的社群〉。

看著在陽光照耀下的織恩，海寅突然很希望這一刻能夠持續到永遠。他活到現在，曾經有過任何時刻讓他產生這種想法嗎？過去必須獨自忍受悲傷的海寅，總是希望時間能趕快過去。比起渴望擁有些什麼，他更習慣接受眼前的事物。然而此刻，他的心裡掀起一股陌生的感受。若說未來的他會想拿出哪一段回憶來回味，那或許就會是眼前的這一刻。

「洗乾淨的白色衣物晾在屋頂，看起來很棒吧？」

「是啊，真的好美喔，早知道我就帶相機來了。」

「用眼睛記住這個景色，再把它珍藏在心裡吧。相機無法記錄下真正美麗的風景。拍照確實是件好事，但那些你想永遠珍藏的時刻，最好不要錯過，要花時間慢慢品味，好好放在心裡才對。」

海寅點頭表示贊同。相視而笑的兩人，看上去清新光采。他們肩並著肩，站在晾滿白色衣物的頂樓，一起欣賞著日落。想永遠珍藏的美麗時刻，就是眼前這一刻啊。

「砰、砰、砰！」

晾好衣服後下樓來，便聽見有人大力敲著門。

「老闆，有妳的包裹。」

應該是延熙寄的保健食品到了。織恩關上抽屜，走到門口準備開門簽收包裹。她每走一步，黑色裙襬上的紅色花瓣便會飛揚起來。

在貨運司機永熙的簽收單上簽名時，織恩再次注意到他左右兩隻手上的手錶。沒錯，這個人上一次來也是戴兩支手錶。接過簽收單，永熙看了看手上的電子錶，並在單子上抄下包裹的簽收時間。

將包裹交給織恩後，永熙站在原地沒有離開，似乎還有些話想說。最後他終於下定決心，脫下了帽子夾在腋下，並從身上那件有六個口袋的背心內層，掏出一張對摺了兩次的紙。永熙低著頭，將那張有些老舊磨損的紙攤開來遞給織恩。

「我偶然拿到這張紙，就一直隨身攜帶。上面說的應該……是這裡？」

爲了您的幸福，
我們會
洗滌心靈污漬，
清除悲傷記憶，
並將靈魂皺褶一一熨平，
把內在疤痕輕輕撫去，
除去您心中所有污痕。
心靈洗滌所，衷心歡迎您的到來。

——白所長　敬上

織恩看完那張紙上的字句，隨即點了點頭。從那張紙幾乎已經要沿著摺線裂開，還用膠帶補強固定的痕跡，能夠看出有人曾經將這張紙無數次攤開再摺起。究竟是以怎樣的心情，將這張紙放在距離胸口最近的口袋裡呢？織恩原本還在想，不知爲何今天留下了一人份的安慰茶，正打算等等自己將它喝掉，沒想到需要那杯茶的人就在這裡。

「沒錯，這裡就是心靈洗滌所。這是開幕初期的傳單，我也好久沒有看到了呢。你今天送完我的包裹，就不用去其他地方了吧？那要不要進來一下，喝杯茶潤潤喉呢？」

「啊……可是我剛剛工作滿身大汗，應該有一些味道……」

「沒關係，這裡是洗滌所啊，很快就能幫你解決，請進來吧。」

永熙搔了搔頭，有些遲疑。從他臉上的表情能明顯看出，他很想進去洗滌所，卻不知自己能不能進去。織恩敞開大門，做出歡迎永熙進門的手勢後，便逕自往內走去。開門邀請對方入內是織恩的工作，但是否有跨過門檻的勇氣，那就是對方的判斷了。織恩深吸了一口氣，對著正從海邊往空中飛去的花瓣送出訊號。沾染了海風的花瓣，在洗滌所附近不停打轉。看見這些花辦，永熙並沒有感到驚訝，因爲他以前也曾經看過這樣的景象。

心靈洗滌所轉眼間拔地而起的那天，永熙也偶然目擊了整個過程。當時他剛送完貨，在車子裡小睡一下才醒來，那難以置信的畫面令他一再揉著自己的眼睛。他還看見了宰夏和延熙在洗滌所前探頭探腦，隨後進入洗滌所的樣子。

一張傳單飄入卡車的窗內，從這時開始，永熙便將那張傳單收在口袋裡隨身帶著。季節更迭，他也一直看著織恩與在洗滌所進出的人們。他感到很害怕，不過這初來乍到的陌生女子也給了他一股莫名的親切感。如果心靈洗滌所假借善意危害任何人，他還打算立刻衝去救援。也因此每一次送貨，他都會暗暗記錄洗滌所不同時段的狀況。

然而，這麼多個季節過去，每個來到洗滌所的人都帶著微笑離去。有些人離開時流淚、有些人嘆氣，但是他們的神情卻都十分舒爽，彷彿苦惱煙消雲散。

永熙的疑問開始轉向經營洗滌所的那個女人，她每天傍晚都會看著夕陽流淚，就連她流下的淚水都像花瓣一樣。永熙一直看著她，那女人似乎不會危害任何人。

永熙緊抿著唇，隨後露出相當堅決的神情。

「如果上天會給我一生一次的好運，那說不定就是現在。」

他站在階梯最下面，一邊喃喃自語一邊將沾在鞋上的土撣去，雙手緊握著自己剛脫下的帽子。他看了看手錶，現在是晚上七點七分，即將邁入七點八分。

「七點八分……」

一滴雨掉到錶面。答答答答，突然下起了陣雨。

突然落下的斗大雨滴讓永熙嚇了一跳，為了躲雨而下意識地衝上階梯，躲在長滿花朵的屋簷下。開門這件事總讓永熙感到十分困難。配送包裹這份工作不需要開門，收件人會主動把門打開，再不然就是把包裹放在門口，他完全可以不用開門。握著門把將門打開，對某些人來說或許是稀鬆平常的小事，但是，對某些人來說卻是需要做足準備的大事。

他對著因滂沱大雨而搖晃的樹葉點了點頭，再一次看了手錶。七點十一分，他決定進入洗滌所。三分鐘可以煮出美味的泡麵，也能讓人感覺像三十年的歲月。他內心停滯的時鐘，開始滴答滴答地轉動了起來。

感覺就要爆炸了。不知是心臟的問題，還是時鐘的問題。

☼
☾

上午八點五十五分，永熙背著包包站在玄關面對大門，焦躁地看著手錶。他不安地咬著手指，直到九點才無奈地開門離家。一定要打開這扇門嗎？能不能讓它永遠都不要打開？

「金永熙，現在都幾點了？你這傢伙，一天到晚遲到！去旁邊舉手罰站！」

永熙汗流浹背，制服幾乎都要因汗水而濕透了。他在訓導主任的怒斥之下舉起手罰站。「慣性遲到」的永熙，早已習慣舉手罰站、跑操場、打掃廁所等懲罰，而且他家其實離學校不過是十分鐘的距離。他跟教授父親、律師母親，以及成績全校第一的優秀哥哥永壽，四人一起住在那個家裡。

對這忙碌的一家子來說，守時相當重要。三人的作息總是規律，只有永熙總會在家人全部出門之後，才慢吞吞地吃著放在桌上的兩塊三明治。

早上十點，幫忙打掃房子的阿姨會準時來訪。在下午兩點之前完成打掃、洗衣、做小菜等工作。阿姨會在下午兩點十分登記好當天的工作並下班，永熙偶爾會在這時間逃回家。

「你哥哥是我們這裡最優秀的學生，你爸媽一個是教授、一個是律師，你怎麼會一天到晚遲到？你要是有你哥哥的一半就好了！哎呀……嘖嘖，快進去吧！」

對著面無表情舉手罰站的永熙，訓導主任不停嘀咕。從同一所國中畢業的哥哥，成績優秀在鎮上是出了名的。而在永熙身旁一起舉著手罰站的孩子，則惡狠狠地瞪著他。意識到身旁同學們的無言抗議，永熙只能對訓導主任說：

「那個……老師……我願意掃廁所……」

「掃什麼廁所！快進教室！還有你們兩個，現在就去打掃一樓的廁所！你們這幾個，以後不要再遲到了！」

訓導主任似乎是擔心他罰永熙掃廁所，消息會傳入永熙父母耳裡，他們兩人可是學校發展委員會的會長。還不如讓父母發現這件事呢，永熙一邊想著，一邊無力地來到位於二樓的教室。從門縫往教室裡看，發現第一堂課已經開始了。他得開門進去才行，於是他緊閉上眼把門打開。

班上的氣氛非常冰冷。永熙對正在上課的老師點了個頭，隨後坐到自己的位置上。現在正式開始計時，拜託、拜託、拜託……在下課鐘聲響起之前，永熙感覺他隨時都能聽見秒針、分針與自己心跳的聲音。他實在很不安。

噹噹噹噹——

下課鐘聲響起，老師收起課本，吵雜的指針聲音也停了下來。永熙緊閉著眼，一群人來到他面前。

「喂，我不是叫你今天早點來，幫我們把座位整理乾淨嗎？你把我的話當耳邊風嗎？」

永熙依舊低著頭、閉著眼，緊抱著自己的書包。他得逃跑，他必須逃跑。永熙在心裡不斷大喊，這時，一股白色的液體從他頭上澆了下來，接著是一股酸臭味。幸好，今天是白色的。

「糟糕，我手滑了，眞抱歉。哎呀，這你拿去喝吧。」

將半瓶已經壞掉的牛奶倒在永熙頭上後，鎭洙硬是把永熙的嘴掰開，將剩下的牛奶灌了進去。

「咳、咳，不……不要……這樣……」

「你這傢伙在說什麼啊？你現在是在阻止我嗎？你是瘋了吧？把他拉出來。」

「我……我錯了……對……對不起。」

「哎呀，你覺得對不起嗎？那爲什麼要做對不起我們的事呢？不高興的話，就去跟你爸媽告狀啊。」

即使永熙哭著被拖出去，班上的人仍沒有要阻止鎭洙的意思。鎭洙是全校最會打架的孩子，即使永熙看著班上同學求救，大家卻都因爲鎭洙而不敢直視永熙。因爲以前曾經有個同學把事情告訴班導，後來被鎭洙狠狠揍了一頓。永熙絕望地閉上眼，只要撐過這段時間就好，只要再撐一下，等上課鐘響，鎭洙的暴力行爲就會結束。只要撐過這段時間、只要撐過現在……眞的……會結束嗎？

噹噹噹噹、噹噹噹噹——

這時，下一堂課開始的鐘聲響起，鎭洙與他的同夥紛紛回到座位上。

停滯的秒針與分針這時再度開始走動。有時候，十分鐘感覺比永遠還要漫長。度過這比永遠還要漫長的十分鐘，再等上五十分鐘，下一回合的永遠又再度來到。永熙將課本直立起來，低頭看著書桌，避免被老師發現自己挨揍的跡象。他的視線在手錶和教室門之間來回。好想好想逃跑，只要打開那扇門，在下一次下課之前、在他們再度聚集到自己的座位之前；好想好想奪門而出，永熙的願望只有一個，卻難以實現。

「氣象預報沒說會下雨，卻突然下雨了。你衣服都淋濕了吧？先進來裡面用毛巾擦擦身體吧。」

進入洗滌所內，織恩將毛巾遞給閉著眼的永熙。不知他正沉浸在哪段回憶裡，只見他的表情十分難受。有時候比起清洗污漬，某些人更需要一些溫暖，好比永熙就是如此。如果可以，眞希望好好抱一抱他的心。似乎是讀出了織恩的心思，花瓣從她的裙襬飛了出來，將一件白T恤送到永熙面前。花瓣掀起一陣風，永熙忍不住睜開了眼，緊皺的眉頭緩緩舒展開來。他習慣性看了看手錶，確認完時間後，又看了看花瓣，隨後才對織恩說：

「眞是不好意思……謝謝……」

永熙鞠了個躬，接過織恩遞來的毛巾擦去身上的雨水，手裡緊握著花瓣送來的衣服，接著他甩了甩頭，希望能將剛才的念頭甩開。三十年前的記憶，如昨天才發生一般歷歷在目。爲了擺脫痛苦的回憶，他逃來這座遙遠的城鎮。但任憑時光流逝，被鎭洙那群人霸凌的記憶依舊沒有消失。有些短暫的回憶能使人獲得活下去的力量，有些則像揮之不去的夢魘使人心扭曲。好想擺脫，如果可以的話，眞想不計代價擺脫這些回憶。

「請來這邊喝杯茶吧。今天剛好還剩一杯，想必是爲永熙叔叔留的。」

織恩將安慰茶倒入馬克杯中，將杯子遞到永熙面前。爲了讓永熙能夠不抗拒喝茶，她特意挑了一個平凡無奇的厚實馬克杯。

也許是眞的有些渴了，永熙一口氣就將這溫溫的安慰茶喝光。對心痛的人來說，任何言語都無法帶來安慰，但一杯茶的溫度就不同了。因此織恩相當慶幸，能替這樣的人送上一杯暖心的熱茶，自己眞是非常幸運。等等，永熙身上發出的這味道，這與落葉神似的味道，不知爲何感覺好熟悉。

「那個……其實我觀察這間心靈洗滌所很久了。我沒有惡意，只是因爲親眼目睹了難以置信的畫面，才會好奇地想看看這裡是否會發生任何怪事。」

似乎是提前察覺到織恩的疑問，永熙主動開口說明收藏那張傳單的用意。茶讓人放鬆的效果似乎起了作用，永熙的戒心降低許多，花瓣也不再繼續旋轉，而是回到織恩的洋裝上。

「難怪我一直覺得有人在看著這裡。每次我都會聞到落葉的味道，原來就是你啊。我知道那股視線並沒有惡意，所以一直在等視線的主人出現，我一直覺得這個人遲早會出現在我面前，然後你就來了。我們這間洗滌所很特別吧？」

帶著淺淺的笑容，織恩的眼神略顯淘氣。也許是在這裡接待過太多人，現在的她話變得比較多，也更愛開玩笑了。當然，對方根本沒有察覺織恩是在開玩笑。

「啊……是，原來妳注意到我的視線了。如果讓妳感到不快，我在這跟妳道歉。」

「我接受你的道歉，沒關係。」

「那個……請問，老舊的心靈污漬也能洗得乾淨嗎？」

「以目前的經驗來說，是沒問題的。請把剛才花瓣交給你的衣服套上，到二樓的洗滌室去吧。在那裡閉上眼睛，想像你想忘記的回憶，然後再把變髒的衣服脫下來。把那件衣服洗乾淨，心裡的污漬也會去除的。這些你都知道吧？」

「是，然後再把衣服拿到天台去晾……對了，我有個問題。」

「請說。」

「那些衣服晾乾之後都去了哪裡？衣服都成了花瓣嗎？」

有別於平時的寡言，永熙突然有許多問題想問。他的話一直不多，不知爲何今天特別有勇氣提問。究竟是怎麼了？

「現在你手上的這件衣服，是晾在天台，經過陽光充分曝曬的衣服。曬乾後的衣服不會有花瓣。每天下午飛往夕陽的那些花瓣，都是從人們心中的污漬生出的傷痕。我把衣服曬乾，讓傷痕變成花瓣，再把它們送到太陽那裡去。在熾熱的陽光照耀之下，它們有些會成爲光芒，有些則會變成夜晚的星星。」

「這怎麼可能？傷痕……怎麼有辦法變成花瓣、變成光芒呢？」

「心靈洗滌所就是能讓不可能的事情變成可能。」

「……但我的傷痕，應該還是沒辦法變成花瓣。」

「你會這樣想是正常的。對每個人來說，自己心裡的傷痕都非常巨大、非常疼痛。因爲太過疼痛，因而沒有勇氣爲傷口擦藥、沒有勇氣接受治療，只能嚴密地藏在心裡，帶著它過日子。身體的傷會流血、結痂，心靈的傷卻沒有結痂的可能。受過一次傷的地方，再次受傷只會更加疼痛，心這樣一再受傷，自然會疼痛難耐。」

「……沒錯……真的很痛……」

永熙看了看手上的衣服，隨後脫下背心掛在椅子上，並在套上那件衣服後看了看手錶。現在是晚上八點五十五分，不知不覺已經過了這麼久了……他驚訝地望著織恩。

「老闆，我居然在這待了這麼久，會不會給妳造成困擾？」

「你確實是待了很久，但這跟盤踞在你心裡的污漬相比，似乎也不算太久，不要緊。」

織恩讀出了永熙的心思。她雙手抱胸淺淺一笑，花瓣隨即在永熙的腳底聚集成蝴蝶的形狀，拍動翅膀要領著永熙往二樓去。花瓣圍繞在他身旁，像是在催促他趕緊跟上。永熙只好跟著花瓣邁出步伐。

啪噠、啪噠，他的每一步都傾注了他的生命。光是喝下那杯茶、與織恩分享對話，就能讓他有勇氣跨出足以改變生命的步伐。永熙深吸了一口氣，繼續邁開他健壯的腿前進。他朝著洗滌室走去，身上穿的衣服也緩緩浮現出污漬。

不知不覺，時間已經過了晚上九點五分。

越過自動敞開的門走上樓梯時，永熙短暫閉上了眼。他調整呼吸，就在走進洗滌室的那一刻，他感覺如陽光照耀般溫暖。現在是晚上，這裡又是室內，自然不可能有陽光，但他卻感覺沐浴在陽光之下。

他已經觀察這裡很久，眞正進到室內才發現，這裡頭比外頭看上去要溫暖、舒適。事物的外表與內在，總是有著一定程度的差異。不過導致內外有所差異的關鍵，或許是人的想法與觀點也說不定。人們只會看見自己想看的、聽見自己想聽的、感受自己想感受的。也只會展現自己想展現的、想說出口的。此刻，窗外依然持續下著傾盆大雨。

「早上我看過氣象，氣象說今天會下陣雨。降雨機率只有百分之三十，所以我本來不太在意，沒想到眞的下雨了。」

「原來如此，你每天都會看氣象預報啊？」

「畢竟我是快遞司機啊。我眞希望人生也能有氣象預報，希望有人能告訴我，我的人生接下來會連下幾天的雨，但再到下個禮拜就會放晴。希望有人告訴我明天會是陰天，但不會下雨。如果能夠提前知道只要再撐一下，就能迎來一段不會太熱也不會太冷的日子，眞不知該有多好。

「如果能有人來告訴我們這件事，那眞的很棒。」

永熙看著窗外的雨而感嘆。他感覺自己心中燃起一團火焰，那團火熊熊燃燒不斷。每次當他有話想說，他的心裡都會生出一團火，他總是習慣強迫自己忍耐。意外的是，今天那團火竟能順利化爲言語說出口。如果說出口的話能有形體，那今天永熙說出來的話，或許會是熊熊燃燒的火紅色。不過，在永熙把話說出口之前，織恩已經看見他心中的那團火了，只是她假裝不知情，靜靜等他自己開口。

永熙遲疑地站在洗滌室門口，織恩則在後方的桌邊背對他坐下。

「有時候，生比死還要辛苦。」

永熙的一句話，讓織恩轉過頭去看他。是啊，生比死還辛苦。有人說應該要用尋死的勇氣繼續活下去，但這些人終究沒有死過，並不明白尋死需要多少勇氣。人要鼓起多大的勇氣才能活下去？不，應該是說，人要鼓起多大的勇氣，才能夠在這漫長的人生裡苦苦支撐，尋找讓自己活得幸福的方法？織恩點點頭，她對永熙的那份疲憊感同身受。有時比起千言萬語，一個點頭、一個眼神更能夠引發共鳴。織恩的點頭，讓永熙感覺心頭有一股暖流流過。

「是啊，我們都不知道還得多努力去過剩下的人生。人生難以掌握，會感到疲憊也是正常的，我也是這樣。」

「像老闆這樣美麗又擁有一切的人，也會這樣嗎？」

「……我看起來像擁有一切的樣子嗎？」

「是啊。」

「謝謝你這麼抬舉我。但人不可能擁有一切，也不可能一無所有。你覺得，人生究竟要擁有什麼才叫幸福呢？」

「啊……我也不知道。」

「幸福跟有沒有力量活下去，似乎是兩個不同的問題。我認爲如果我們懂得平息內心的悲傷，或是在努力撐過疲憊的一天之後，好好稱讚自己，那或許就能讓自己感覺到幸福。」

「眞希望能有魔法能讓人學會這些事呢。」

「哎呀，我怎麼沒想到這點呢？我該好好研究一下這種魔法了。」

織恩雙手摀著嘴，誇張地瞪大了眼，一副恍然大悟的淘氣模樣。她那一臉淘氣的表情，將永熙心中剩餘的緊張感一掃而空。同時間，永熙身上那件衣服的污漬，範圍變得更大也更深了。

低頭看到原本潔白的衣服變得骯髒，永熙說：

「我有個哥哥，叫永壽。爸媽希望第二個孩子可以是女生，所以才在我出生之前先取好『永熙』這個名字，只是沒想到第二胎又是個兒子。我打從出生就辜負了父母期待。父母跟哥哥都是那麼耀眼，只有我很糟糕。我不會讀書，在學校也一直被霸凌，但即使被朋友欺負，我也不敢告訴家人，因爲我怕讓父母失望。我總是不如哥哥，他們好像覺得我很丟臉。我一直是咬著牙撐過每一天……」

有些悲傷太過濃烈，讓人怎麼也哭不出來。永熙嗚咽了幾聲，卻沒有流下淚水，而是對往日的事情侃侃而談。

「我應該是撐到高中那時候，才澈底地失敗了。雖然父母反對，但如果繼續上學，我可能會把他們殺了。

「我申請退學之後，以同等學力考試考取了高中學歷，領到檢定證書的那天，我在讀某一本書。記得書中的人隨便挑了一個火車站，並到售票窗口說：

『請給我一張今天馬上就要出發的火車票。』我不知道自己爲何這麼大膽……當下就收拾行李，跑到火車站跟售票員說了一模一樣的話。然後我就來到這裡——金盞花鎮。

「這裡沒有人認識我，我覺得很放鬆。我不用去上學，也沒有欺負我的人。父母希望我趕快回去，焦急地多次派人來找我，但我都拒絕了。」

織恩一邊聽著永熙說話，一邊揮動她的右手，把燈光的亮度降低，讓永熙能夠放心地繼續說故事。面對一個願意靜靜聽自己說話的人，永熙感到安心，便接著說下去：

「大概有半年的時間……我每天都會到海邊散步、在鎮上到處走。我每天醒來就到外面走路，太陽下山後稍微休息一下，接著再繼續走。走著走著，我就把整個鎮上的門牌號碼都背起來了。走在路上，我看見徵求貨運司機的徵才廣告。我就是從那時開始，負責這個小鎮的貨運工作。」

「你都不覺得累嗎？」

「身體確實非常累。但我把包裹送到收件人家，對方會跟我道謝，讓我覺得自己跟以前不一樣，成了個有用的人。我以前在學校被同學打，在家裡又不如哥哥受關注，一天到晚都覺得自己沒用。但是現在我就這樣每天為這座小鎮運送包裹，努力撐過每一天，一直到今天都過著這樣的生活。幸虧撐到現在，也才能遇見像老闆妳這樣的人。」

「那你想清理的污漬是什麼呢？」

「我想了很久。來到這座小鎮之後，我開始獲得認同，變成一個有用的人，這也讓我想變得更好。但我其實不知道，自己為何想要獲得他人的認可？沒有家人那麼優秀又不是我的錯……朋友打我明明是他們不對，我卻沒有勇氣告訴別人。我曾經以為是我不好才會被打，一心以為許多的不幸都是源自於我的不足。對自己的苛責、對自己迫切需要他人的認同才能安心、對自己因著家人作息而對時間產生的強迫感，這些就是我想遺忘的東西。」

「原來是因為這樣，你才會經常看手錶啊……一直以來辛苦你了。」

「……現在只要把衣服脫下來，再放進洗衣機裡就可以了嗎？」

傾吐完內心話，永熙的表情變得輕鬆許多。他脫下污跡斑斑的衣服，甩了兩下後將衣服拿在手裡。織恩的右手揮了兩下，紅色的花瓣發出光芒，進入永熙手上的那件衣服，並帶著衣服一起進到洗衣機。把髒污不堪的心拿出來清洗，說的會不會就是這樣的過程呢？永熙目瞪口呆地看著眼前這魔幻的場景，織恩低聲對他說道：

「永熙叔叔，過去這段時間你爲了撐過每一天，想必吃了不少苦，眞是辛苦你了。明天開始就別再苦撐了，帶著笑容生活吧。未來的日子也別再繼續苦撐，一點一點讓自己更享受吧。人確實可以『撐過』每一天，但要是持續太久，就只會記得每一天過得有多麼辛苦。」

這一番話，彷彿是爲永熙因辛苦堅持而疲憊的心，蓋上了一條溫暖的棉被。雖然他的生活並不是只有辛苦的回憶，但那些最鮮明的記憶，確實都是在苦苦忍耐著什麼。永熙點點頭，隨後閉上眼。洗衣機越是轉動，永熙的心也越感到平靜。

突然，他感覺手腕有些不對勁，這才意識到他走進這間洗滌室後，從來沒有看過一次手錶。永熙盯著手錶看了好一會兒，隨後解下左手的手錶，並將它放入左邊的褲子口袋裡。卸下手錶後，左手腕上留下了手錶的痕跡。永熙摸著空蕩蕩的手腕，之前隨時戴著手錶的部位，膚色當然會與其他部位有些差異。戴的時間一久，這是必然的結果。

織恩裝作沒有注意到永熙拿下手錶的動作，開始用手指畫起了圈，兩人看著織恩不斷轉動的手指。

「雖不像父母或哥哥那樣聰明，但我還是想踏實地過生活。我不想浪費一分一秒，所以才會戴兩支手錶。這樣即使一支手錶慢了，還是會有另一支，所以我經常在對時。開始當貨運司機後，我總是準時把包裹送達，剩下的時間就會幫忙鎮上的人。這手錶從來不曾讓我感到壓迫，今天卻意外地覺得它很礙事。」

永熙用另一隻手抓住空蕩蕩的左手腕，試圖以右手塡補取下手錶後的空虛感。在織恩思考接下來該說什麼時，花瓣像手錶一樣環繞著永熙的手腕。他看著搔癢手腕的那些花瓣，咧嘴露出一個笑容。花瓣輕輕掃過，手錶的痕跡也隨之消失。永熙驚訝地看著織恩，織恩則笑著開口說：

「你有聽過這樣一句話嗎？如果十個記憶排成一個圓，那其中只要有一個好的記憶，就能抵銷剩下九個不好的記憶，所以增加一個好記憶才是最重要的。試著把過去那些不好的回憶鋪在底下，將新的好回憶放在上頭，讓美好的回憶淡化那些不好的吧。希望對你來說，今天的回憶會是一個巨大的圓，能夠蓋過其他的回憶。」

洗衣機畫出一個紅色的大圓，隨後便靜止下來。洗衣機門開啓，花瓣將濕漉漉的衣服帶到永熙面前。那衣服洗得非常乾淨，沒有任何一點污漬。這股舒暢的釋放感，讓永熙露出睽違已久的開朗笑容。原來他就是爲了今天，才會來到這個小鎮。

將臉靠在濕漉漉的衣服上，永熙的肩膀不住抖動。織恩靜靜離開洗滌室，就讓他一個人哀悼剩餘的悲傷吧。

「雖然你的今天有些烏雲，但稍後就會是晴朗和煦、適合外出的好天氣。」

織恩下到一樓，思考著即使只有幾週也好，是否要爲永熙的人生做個氣象預報？隨後她拿出便條紙，將永熙明天的氣象預報寫在紙上，並放入他的背心口袋。有時候不刻意施展魔法，反而能夠收到魔法的成效。

如果想解開人生被施予的魔法，必須有勇氣敞開緊閉的心門。無論如何努力去推、嘗試去開、去敲門，那扇門都可能持續緊閉，甚至有可能根本遺失了開門的鑰匙。

「但是說不定鑰匙就在自己的口袋裡呢。」

織恩喃喃自語，這話是對著身後低飛的花瓣說的。究竟要到什麼時候，我們才能從自己的口袋，或從你的口袋裡掏出那把鑰匙？又要等到什麼時候才能鼓起勇氣，推開那扇必須開啓的門？

不知不覺間，傾盆大雨逐漸停歇。

這天，織恩睽違已久地在清晨醒來。她打開家中的收音機，然後開了窗戶。鹹鹹的海水味與冰冷的空氣掃過鼻尖，一個季節又過去了。

她深吸了口氣，跟著收音機流瀉而出的音樂哼唱。音樂播完後，主持人分享了一個故事。織恩很喜歡這個單元，於是她專注聆聽。在信號音響起後，是一個有些耳熟的聲音。

「主持人你好，這是我第一次在電台留言板分享我的故事。我是一個從事宅配貨運工作，最近也開始寫詩的聽眾。我有時趁著送貨的空檔，在卡車上書寫一些東西，讓我得以回顧自己的人生。一直以來，內心所受的傷都讓我過得很辛苦。但很偶然的一個機會下，讓我深藏心中數十年的痛苦，能像被施了魔法一樣轉眼清除。雖然忘卻了這些傷痛，不代表人生就會有巨大的轉變，但現在每天早上起床，我都不再感到有壓力。過去我一直在硬撐，現在才覺得自己眞正活著。或許這就是最大的不同吧。

「帶著這些痛苦活了這麼久，我發現自己的心就像跌入地獄一樣。人生在世，我們都可能被他人所說的話傷害，甚至難受得像是心如刀割。即使努力想維繫關係，也可能會遭受批評。當然，我們也有可能傷害他人。

「在我初次經歷這樣的心靈魔法之後，我終於領悟到，即使有人批評我、辱罵我，我也不要接受。就像有些人會拒絕領取並退還包裹一樣，對於那些帶有侮辱性的情緒或言行，我也能夠拒領、退回。對方給了我一樣東西，只要我選擇不收下，那東西就不屬於我。即使有人說討厭我、恨我，我也可以不要收下那些情緒，只要退還給對方就好。退還回去，東西就不屬於我，依然還是屬於對方。不要破壞自己內心的樂園，拒絕領取這些傷害吧，我們完全可以這麼做。」

稍稍停頓後，主持人接著說：

「這裡是陪伴大家度過美麗早晨的節目《我的決心，讓今天幸福》，我們收到了來自貨運司機金永熙先生的投稿。他的這些話眞是棒。拒絕領取或退還別人給出的侮辱性言詞或傷害，這點我也需要多加練習呢。我也好想體驗看看這麼神奇的心靈魔法。在這則投稿之後，我們要聽的歌是麥可．傑克森的〈You are not alone〉。各位，你不是孤單一個人，有我陪伴你度過美麗的早晨。」

「永熙叔叔！」

電台主持人分享的故事結束，音樂聲響起。來過心靈洗滌所之後，永熙看起來比以前更加平靜了，甚至還把自己的故事投稿到電台……

織恩坐在沙發上，抱著自己的腿，將臉埋入雙膝之間。You are not alone, I am here with you……她跟著歌詞哼唱。她早已經習慣一個人，每當感到孤單時，她便會打開收音機收聽電台。偶爾，電台節目會像今天一樣播放她喜歡的歌，這種日子她總會感到心情愉快。但此刻的她有些激動，甚至感動地哭了出來。眞沒想到竟然能夠在早上一睜眼，就迎接這樣激昂感動的時刻。她人生今天的天氣，想必是晴朗和煦。

音樂結束後，織恩從沙發上起身伸了個懶腰。她脫下睡衣丟進洗衣機，放入洗衣精後啓動機器。毛巾、內衣與睡衣一起在洗衣機裡旋轉。白色泡泡咕嘟咕嘟湧現，衣物相互擁抱，搓揉彼此的身體將彼此洗淨。如同蠟燭燃燒自己點亮他人，清洗中的衣物也藉著相互摩擦清除彼此的髒污。這世上每一個地方都存在著光，即使看似沒有光線之處，仍然有光的存在。織恩在洗衣機前坐了好久，思考著與光有關的事。

爲人們洗去心靈污漬與清洗人們穿過的衣服，這兩者所清洗的東西是一樣的嗎？還是不一樣呢？我這一生，眞的有可能讓所擁有的兩種力量變得完整，解開封印讓自己順利老死嗎？我雖知道封印生命流逝的方法，卻從沒學過如何解開封印。這時候，眞希望媽媽能陪在身邊。一想起心中思念的人，織恩又忍不住哽咽。

「最近怎麼老是覺得心痛，眞奇怪。」

織恩捂著左側胸口深呼吸。她閉上眼，試著想像痛苦完全消失。今天可不能生病，她有預感，今天會有重要的客人來訪。織恩迫切地祈求，沒過多久疼痛漸漸平息。不知是因爲她想像疼痛消失而消失，還是疼痛眞的過去了？

只是她此刻感到心一片混亂，是時候該打掃一下環境了。事情不順利、不知道該從何開始，以及心裡感到煩悶的時候，她總會打掃，這是織恩一直以來的習慣。摺起棉被、丟掉不用的物品，將四散的物品放回原位。打開窗戶、擦去灰塵，將碗盤擦洗乾淨、將霧濛濛的鏡子抹乾淨。擦拭、清除、撣去灰塵，會讓蒙在心上的灰塵也跟著一掃而空。最後，她擦起了霧濛濛的鏡子，必須要把鏡子擦乾淨，她才能夠看清楚自己啊。

新鮮空氣隨敞開的窗戶進入室內，讓沉悶的屋子得以通風。她從冰箱裡拿出小吃店老闆替她準備的飯捲，用微波爐加熱，同時煮起自己要喝的水。

小時候，媽媽身上總有股刺鼻的味道。媽媽覺得喝茶是一種調適心靈的舉動。從緩緩準備泡茶，到真正把茶喝進嘴裡，這整個過程就像在品嘗一個人的心。今天就這麼一邊想念著媽媽，一邊在這微涼的初秋早晨喝杯溫熱的茶，慢慢吃頓飯，然後就去洗滌所開門吧。

叮一聲，微波爐完成了加熱的工作。織恩邊喝茶邊懷念媽媽溫暖的嗓音，同時將飯捲從微波爐裡拿出來。

「要不要我告訴妳讓一天更愉快的魔法?早上睜開眼後，就開始期待今天會有好事發生，這樣一來就眞的會遇上好事喔。我們要時常帶著笑容迎接美好的一天，我的乖女兒，我愛妳。」

好想念、好想念媽媽喔。據說人的思念會化作星星，高掛在空中閃閃發光。她抬頭望著天空，想像著那些掛在夜空裡的星星。望著那如媽媽的雙眸一樣迷人的天空，她深深吸了口氣，好吧，就期待看看吧，期待今天會有好事發生，肯定就會有好事出現的。

「老闆，有妳的包裹喔!」

永熙站在洗滌所門口大聲呼喚織恩。自從使用過洗滌所的服務後，他與人們面對面交談的時間增加了。過去他總是遞送完包裹，點個頭便離開，現在甚至會跟收貨人聊天了呢。

過去用來記錄時間的筆記本，現在改成用來寫詩。他也開始經營起以「貨運司機的早晨問候」爲名的專頁，寫下自己的生活紀錄。他的每一天都會收到一、兩篇留言，這是原本選擇關閉心門遠離世界的他，一點一點跨出內心那道門檻的證明。

清理掉一個心靈污漬後，永熙感覺自己宛如重獲新生。他所清理的污漬，是「認爲是自己造成這一切的自責感」。那些事情並不是因他而起，而是事情本就有可能這樣發展。開始覺得事情並非是自己的錯之後，就不會繼續困在過往的人生中，而是能繼續過自己的生活。雖然心中還留有不少痛苦的回憶，他卻不再有「如果自己表現得更好一點，那就不會發生那種事」「全是我的錯，才會造成這種事」等念頭產生。

內心恢復平靜的永熙，這輩子第一次感覺到「幸福」。今天明明跟昨天沒有什麼兩樣，他卻僅靠著想法的轉變，就能活得和昨天截然不同。

「你好，永熙叔叔，我聽到你投稿給電台的信了。」

織恩收下包裹，拿了杯水給永熙。永熙有些害臊地搔了搔頭，一口氣喝光了杯中的水，點了個頭表達感謝，並把杯子交還給織恩。

「眞是不好意思，我沒想到會被主持人唸出來……哈哈。」

第一次見到永熙咧嘴笑的模樣，織恩也跟著笑了。好心情跟笑容都會傳染，兩人之間瀰漫著平靜溫暖的空氣。

「老闆，妳知道寫詩最棒的地方是什麼嗎？」

被永熙這麼一問，織恩咬著下唇想了想。

「嗯……是能用文字表達自己的想法？」

「當然，這點是很好，不過最好的部分，還是寫得不好可以再重寫。我用鉛筆在筆記本上寫詩，寫不好或寫錯了，就用橡皮擦擦掉，或是劃幾條線作廢，再重寫一次就好。雖然擦掉或劃掉都會留下痕跡，但那都是我曾經有過的苦惱，我覺得這眞的很棒。」

「眞的耶。就跟寫在紙上的詩一樣，人生要是出了錯，也可以稍微擦去一點錯誤，然後再重新來過。」

「沒錯，我一直都不知道原來寫錯了可以重來，以爲答案錯了就永遠都是錯的，也以爲人生的正確答案只有一個。但其實紙張皺了也沒關係、重寫也沒關係，現在我終於明白了。」

「現在明白還不遲啊，眞是太好了。其實啊，我活得比你想的還要久，但直到現在才終於明白你感受到的事情。你比我還快領悟這件事呢。」

在兩人像是老友一樣輕鬆談笑時，躲在永熙身後的孩子探出頭來。

「嗨，妳是誰？」

織恩主動打了聲招呼，那個看上去只有十歲左右的孩子睜大了眼看著織恩，然後又躲回永熙身後。

「從前陣子開始，這孩子都會在白天時跟著我到處跑。我送貨的時候，她都會一直跟在我身邊。但今天我要送的貨很多都很重，很怕她這樣跟著我會受傷。我能讓她暫時待在這嗎？」

「好啊。」

「謝謝。等她待到不想待了，應該就會自己離開。對了，來過心靈洗滌所之後，我現在晚上更好睡，心情也更平靜了。這都是多虧了妳啊，老闆。」

「心情能恢復平靜眞是太好了，眞的太好了。」

永熙與織恩談話時，躲在永熙身後的孩子微微探出頭來觀察著洗滌所。那是個雙頰圓嘟嘟，像個包子一樣的小女生。她綁著兩條辮子，穿著黃色蕾絲連身裙。織恩彎下腰來，摘下洗滌所藤蔓上的一朵花遞給她說：

「嗨，我是織恩，要不要跟我來看一點有趣的東西？」

孩子好奇地眨了眨，並點點頭，接著便走到織恩面前。永熙則向織恩道別，前去繼續完成自己今天的工作。織恩也以眼神向他道別，並用手包住那個女孩剛才摘下的花朵，又轉了兩下手腕。只見那女孩有些緊張地抿著唇，屏氣凝神再往織恩面前走了一步。

「妳深吸一口氣，然後往裡面吹兩下。」

女孩朝著她的手吹了兩下，並等待變化的出現。織恩將手放在女孩面前，雙手一鬆開，花瓣便如蝴蝶一般在空中飛舞。女孩吃驚地張大了嘴，隨後開始追逐起舞的花瓣。

追著花瓣跑了好一段時間，女孩才回到織恩面前，織恩再一次攤開手心，變出了餅乾，並把餅乾遞給那孩子。她拿起餅乾塞進嘴裡，在洗滌所的院子裡四處跑跳，像鳥兒振翅一般自由揮舞雙臂，跟著花瓣一起四處飛舞，最後停在織恩的面前。織恩配合孩子的高度蹲了下來與她對視。那女孩有著一雙澄澈透明的眼睛與長長的睫毛，裡頭映著織恩的臉龐。她每眨一次眼，瞳孔中倒映的織恩臉孔也跟著閃爍一次。

「妳家在哪裡？」

「我沒有家。」

「沒有家？那妳都在哪裡睡覺？」

織恩有些驚訝地問道，孩子則一副神祕兮兮的樣子，先是看了看四周，隨後才雙手收攏在嘴巴兩側，小小聲地在織恩耳邊說：

「這是祕密，我是月之國的公主，所以到處都是我的家。」

「原來妳有好多個家啊！很棒耶！那妳爸爸媽媽在哪？」

「我沒有爸爸媽媽。」

「……」

聽孩子說自己沒有父母，讓織恩瞬間語塞，只能心疼地牽起孩子的手。孩子若無其事地眨了眨無辜的眼，繼續吃著織恩給的餅乾。

「其實，我也沒有爸媽。」

「眞的嗎？那我們一樣耶。」

「那妳叫什麼名字？」

「我沒有名字。」

看著眼前這個說自己沒有名字的孩子，織恩突然想起自己來到金盞花鎮，被「我們的小吃」吸引過去的那一天。當初她會選擇在這裡落腳，是因為渴望接觸人的溫度，且下意識知道這裡能夠滿足她的願望嗎？那個曾經沒有父母也沒有名字的少女，來到這裡之後，學會如何跟別人一起歡笑、一起生活，最後成了現在的她。

「我以前也沒有名字。我們有好多共通點喔。」

「阿姨也沒有名字嗎？那妳跟我一樣，我再告訴妳一個祕密。我要讓這個世界變得很和平，讓每個人不會互相討厭，這就是我來這裡的原因。」

這不曾受到外界污染的純眞孩子一字一句說著。這位月之公主來到這裡，居然是爲了要讓人們不會厭惡彼此。看著那孩子純眞的雙眼，織恩想起許久以前她離開的那座村子。那裡就是這樣一個地方，人們不會互相厭惡，秋天過去就會迎來春天，沒有難捱的寒冬，也沒有炎熱的盛夏。

「這想法眞棒。那我的公主，阿姨幫妳取一個名字，讓這裡的人可以用那個名字叫妳，好嗎？」

「好啊，妳幫我取。」

孩子欣然同意，織恩則雙手抱胸裝出認眞思考的樣子。

「妳要打造一個新世界，那就用生命萌芽的春天來當名字怎麼樣？」

「小春？」

「對啊，春天來了，就會開出像妳這樣美麗的花。以前我住在另一個村子，那裡的秋天過去之後落葉腐爛，然後花朵盛開的春天就會接著來臨。秋天之後的季節是春天，春天之後的季節又是秋天。在那裡沒有人討厭誰，我很想再看看那樣的世界，妳可以爲我創造嗎？」

「小春，眞棒！我很喜歡。我來爲妳創造這樣的世界！」

非常滿意這個名字的小春看著織恩，開心地笑了起來。小春的笑容像陽光一樣刺眼，就連在她身旁低空飛舞的花朵，也開心地繞起圈來。

小春急匆匆地跑上洗滌所院子旁的樓梯。看著孩子蹦蹦跳跳地上樓，織恩也跟著走了上去。

一上到屋頂，小春便衝到曬滿白色T恤的曬衣繩之間，只見她張開雙臂跳個不停。天空萬里無雲，微風徐徐搔過額際，洗好的衣服也都沐浴在陽光之下。小春跟花瓣一起在曬衣繩之間玩捉迷藏，笑聲傳遍整個天台。

聽著孩子的笑聲，織恩也笑著抬頭仰望天空。將被風吹散的頭髮往後一撥，她深吸了一口氣，隨後閉上眼張開雙手感覺風的吹拂。一度感覺胸口被重物壓住的煩悶感，如今都煙消雲散。她突然驚覺，自己不再像過去那樣悲傷。來到金盞花鎮之後，曾經以爲永遠不會到來的幸福彷彿遍布大街小巷，只要伸手便可觸及。

「阿姨、阿姨，我畫一張圖送妳。」

小春跑到織恩身後，用雙手環抱住她的腰。織恩轉過身去，她則改拉住織恩的裙角。她竟能這樣親暱地擁抱陌生人，就連織恩都被這樣的單純給影響了。孩子說想畫畫，於是織恩便轉了一下右手，一片花瓣變身成爲畫筆。孩子咯咯笑著，拿了一件掛在曬衣繩上的白T恤過來。

「阿姨，我可以在上面畫畫吧？」

「嗯，可以，我很期待妳的作品。」

話才說完，小春就將衣服鋪在地板上，開心地在上頭作畫。看著這樣的小春，織恩又再一次覺得內心充滿了幸福。

每天，太陽都會升起再落下，有時外頭會下雨。黑夜來臨時星星跟月亮在夜空出沒。雖然我們無法在黎明時選擇當天的天氣，卻能夠選擇自己心情的天氣。我的心屬於我自己，幸福一直都存在於我的心中。心以外的天氣不屬於我們，但心中的天氣卻由我們自己掌控。

選擇要幸福，那即使颳風下雨，心中也會有朦朧的月光帶來平靜。選擇要去愛，即使是遭遇到種種悲傷的人生，只要選擇笑口常開，那也會是一段愉快的生命。所以說啊，在這令人疲憊不堪的世界，要能活得不那麼辛苦的祕訣，就是⋯⋯

「阿姨，來，我畫好了。我創造了一個沒有人互相討厭的世界，這是送妳的禮物！」

織恩停止思考，將注意力放回小春身上。她伸手接過小春的禮物，小春則滿心期待認爲織恩一定會喜歡。當她攤開那件折成一半的衣服時，織恩一下子竟說不出話來。她盯著那畫在衣服上的畫看了好一陣子，隨後緊緊將小春抱入懷裡。

「這就是小春想要創造的世界嗎？眞是太美了。」

被抱住的小春點了點頭，隨後她掙脫了織恩的懷抱，又跑回去跟花瓣玩耍。織恩則繼續欣賞畫在衣服上的那幅畫。

上頭用五顏六色的簽字筆畫了一棟兩層樓的房子，花瓣與蝴蝶之間，以歪七扭八的字體寫著「心靈洗滌所」幾個字。

漫長的歲月裡，織恩不斷尋找的故鄉就在眼前。那一刻，她靈光乍現，一句話閃過她的腦海。

「祕密就是現在這一刻。」

幸福是發自內心的光芒。幸福不在手無法觸及的高空，而是在心裡的天空綻放著光芒。幸福就在我們心裡，幸福就在當下這一刻，就在這裡。我們無法回到過去，而未來也尚未到來，因此我們必須專注於活在當下這一刻。當我們往右跨出一步，剛才在左邊的我們便已經是過去。當我們往前跨出一步，這一步就是我們的現在，而不是未來。

她一直在後悔已經無法挽回的過去，也被尚未來到的未來蒙蔽了雙眼，始終沒能注意到當下。失去心愛家人的過去，帶給她無盡的悲傷與後悔，讓她即使經歷不斷重生的漫長歲月，仍然不曾幸福地活在當下。不，每當她感覺自己就要得到幸福時，她便會害怕得逃跑。然而最疼愛她的父母，難道眞的希望織恩這樣糾結於過去，過著如此恐懼幸福的人生嗎？

她緊抱著小春畫的心靈洗滌所癱坐在地。原本跟小春一起四處追逐的花瓣，則擔心地在她身邊圍繞。織恩動也不動，失焦的雙眼望著空中並流下了滾燙的淚水。無聲的淚水成了藍色的花瓣，最後化作裙襬上的花紋。小春看著織恩，而花瓣則轉而圍繞著她。在飛舞的花瓣擺動之下，小春逐漸化身爲紅色花瓣，被吸入織恩的衣服裡。伸手想去抓住飛散的花瓣時，織恩終於意識到小春究竟是誰。穿著黃色連身裙、雙頰紅通通的少女，就是織恩自己。她將小時候跟媽媽一起在院子裡跑跳的幸福回憶變成花瓣珍藏，這段回憶一直都陪伴著她。這難道是在告訴她，她最懷念、最美麗的回憶，始終都陪在她身旁嗎？那些曾經以爲自己孤單、痛苦的過往，其實一點也不孤單。懷念的往日時光流入她的心頭，令她忍不住失聲痛哭。她將頭埋進那件紅藍花瓣交錯的洋裝裡，哭得雙肩直顫抖。見織恩哭得如此難過，方才呼呼吹拂的風停了下來，曬衣繩上因風而飛揚的衣服也隨之停歇。愛著她的人們，也全都停下了腳步。

小吃店老闆、因提早下班而來洗滌所拜訪的延熙，兩人在一樓聽見織恩的哭泣聲，忍不住互看了一眼。延熙擔憂地看著小吃店老闆說：

「……織恩老闆沒事吧？要不要上去看看？是不是發生什麼事了？」

「別擔心，這些事情都是一時的，全部都會過去。妳覺得我在騙妳嗎？才不是呢！不管好事還是壞事，最後都會過去。所以想哭的時候就要哭，痛痛快快地哭一場。想笑的時候則要盡情笑，然後讓一切都過去。要走到最後，面對自己的恐懼，然後才能重新開始。」

「……是。可是織恩老闆看起來一直都很悲傷啊。」

「是很悲傷，沒錯。不過啊，我們每個人出生都是爲了要得到幸福，老闆她也是爲了幸福而努力著。相信我吧，我們就先回去。她要是知道我們聽見她哭，不知道又會有多緊張……」

小吃店老闆拍了拍延熙的肩，一拐一拐地往小吃店走去。她準備煮一鍋新的白飯來做飯捲。她按下飯鍋的煮飯鍵，準備要爲了安慰某些人的悲傷，而用滿滿的愛來做出美味的飯捲。要吃飽一點，才有力氣將悲傷送走。

延熙將洗滌所入口的「OPEN」吊牌轉成「CLOSED」。兩人以各自的方式，在心裡爲織恩點起祝福的蠟燭。希望總是爲他人洗去悲傷、痛苦與憂鬱的織恩，能夠比任何人都要幸福。

有些黑暗比透明更加透明，比光明更加明亮。織恩哭到不能自已，連月亮都爲了哀悼她的悲傷而躲在厚厚的雲層之後。夜空裡斗大的漫天星辰，也都暫時停止了發光。那是天空中沒有一片雲朵的澄淨夜晚。

有些夜晚的故事，比白天的故事更加漫長。有些人的悲傷在他人的著想之下爲黑暗所覆蓋，不被人們發現。或許夜會如此之深，正是因爲希望人們在盡情悲傷過後，待明日的太陽升起時，能夠以笑容繼續生活。即便太陽升起後不知又會發生什麼事，此刻仍要度過這靜謐無聲的夜晚。夜深了，爲彼此著想的溫柔用心卻比夜更深。

我是誰？我從哪裡來，又要去哪裡？

眞想結束這痛苦的一切，爲何只有我的人生如此痛苦？好想挽回過去的錯誤。一瞬間的失誤讓我失去心愛的人，讓我把自己關在痛苦的心靈監牢中接受懲罰。

在感覺到平凡人生的幸福時，生命就結束了，因此我還不能幸福。即使要跨越時間與空間，我也要翻遍整個世界，找到我心愛的人，終結一切的痛苦，跟他們一起幸福地生活下去。我就是憑藉著這樣的信念而活。只是我沒意識到這就是孤獨，而這麼日日與孤獨爲伍，過著苦悶的人生。不對，我以爲我熟悉了這樣的生活，其實不然。或許當孤單與寂寞湧現時，我也認爲那是我必須接受的懲罰。

我從沒想過經歷了這麼漫長的歲月，我依然無法找到心愛的人。生命就像上天跟我開的玩笑，我的人生滿是解不開的謎團。就在我決心要放棄，解開對自己施展的魔法，逐漸邁向死亡之後，我開始跟一群愛笑的人來往。我們會一起吃飯，我開始能感受到風的氣息、生命的氣味。

活著活著，我突然變得有些貪心。我實在很狡猾。明知道沒有永遠，卻依然夢想能這樣直到永遠。人都說生命是一場沒人想醒來的美夢，我在這座名爲金盞花的城鎭，做了一個永遠都不想醒的美夢。

然而，究竟什麼才是我眞正想過的生活？我曾經想過自己憧憬的生活嗎？我如此渴望、如此心心念念的，究竟是什麼呢？我似乎一直都忘了，似乎一直假裝忘了。那些未能解決的問題，每晚都在我的腦海盤旋。

我感覺心如刀割。我的右手緩緩覆在左胸前，輕輕地放在上頭，像是溫柔地擁抱自己的心。我將左手慢慢抬起，像是捧著珍寶似的輕輕托著右手。我用雙手擁抱自己的心。心臟畫出一個圓形的波長，紅色的花瓣從中飛出。花瓣圍繞在四周，圓的外頭有花瓣，圓的裡面有我。我閉上眼睛，那些聲音聽起來就像音樂。

「可以的話，眞想把整顆心拿出來洗乾淨再重新塞回去。」

「要是說，眞的能夠澈底遺忘最難過的那一天，會不會比較幸福？」

「我想洗去愛情的痕跡。」

「太光鮮亮麗了，以至於我非常孤單。」

「你不好奇花瓣爲什麼會從洗好的衣服上飛出來嗎？」

「我會以對著夕陽點亮蠟燭祈禱的心情，祈求人們的安寧與平靜。」
「如果有一個能讓你打從心底相信的人，那會不會更有活下去的動力？」
「我不要忘記任何回憶，但請妳讓那些回憶別那麼痛。」
「我想重啓人生，希望一切能重新開始。」
哪些話是我說的，哪些話又是別人說的呢？

「能夠同理、治癒他人悲傷的能力是很好，但她要是知道自己有能夠實現夢境的能力……會不會讓她害怕做夢啊？」

我聽見聲音，但無論怎麼努力回想，父母的身影還是好模糊。我是憑藉著對他們的思念，才能活過如此漫長的歲月，可是如今那令我思念的面孔卻在記憶中逐漸模糊。我覺得心好痛。就在我喘不過氣，癱坐在地的那一刻，在身旁環繞著我的花瓣快速旋轉，顏色逐漸由紅轉橘。究竟發生了什麼事？

我將捧著心臟的手緩緩打開，霎時間，搖曳的花瓣被心吸入。我將最後一片花瓣拿在手裡仔細端詳，發現那是金盞花，是跟這座城市同名的花。我雙手小心翼翼地捧著花瓣，低聲吟誦著花語。

「必定會來到的幸福……什麼是幸福……？要怎麼做才能變幸福？雖然不清楚，但我不想再為過去後悔了。我想結束人生的徬徨與徘徊，想要好好活在今天。如果可以，我想活在當下……」

就在這時，被吸入心中的花瓣以極快的速度衝了出來。那些變成橘色的金盞花瓣，再一次轉變成為紅色的山茶花瓣，隨後轉眼間又成了藍綠色。那是勿忘草，是勿忘草的花瓣。如大海一般的冰冷藍色花瓣往四方散開，逐漸飛上天空後如雨一般落下。花瓣雨形成水窪、形成湖水、形成海洋。化作無邊無際的海洋之後，花瓣雨隨之停歇。花瓣雨所打造的海洋無比靜謐，海洋與天空在遠方相連，沒有界線。我緩緩走入大海的擁抱。

撲通——

我連如何游泳都忘了。這次不是故意忘記，而是真的忘了。我放掉了全身的力氣，張開雙手，將自己交給這片海。那就像被媽媽擁在懷裡一樣舒適安穩。我會被帶去哪？我緩緩沉入大海，想像著覆蓋著我的藍色花瓣擁有什麼花語。

勿忘我。

不，忘了我也可以。請忘了我吧，拜託。

吞下祕密的海無比寧靜，彷彿不曾發生過任何事。

我成了泡泡，成了海水，成了天空。

……我成了藍色的光芒。我成了花瓣。

現在，我是自由的。

——滴滴滴滴、滴滴滴滴、滴滴滴滴。

我在鬧鐘聲響中醒來，感覺頭痛欲裂，渾身發熱。我急促地喘著氣撐起身子，將頭髮往後一撥再重新閉上眼。我沒力氣起身，只能躺回床上，將手靠在額頭上。過去某一世也曾有過這種感覺，就像是剛從暗無天日的隧道裡逃出來。

「那是……一場夢嗎……？就算是夢，也太過眞實了吧？」

織恩夢到自己投入大海的懷抱。在水裡，花瓣如魚鰭一般擺動著讓她能自在悠游，她已經好久不曾這樣笑了。她自由地在海裡穿梭、悠遊，閉上眼睛享受後再睜眼一看，竟發現自己躺在床上。

「居然做了一個在海裡靠魚鰭游泳的夢，我又不是什麼人魚公主。喉嚨好癢啊……」

她咳了幾聲，隨後坐起身來。分不清是汗水還是海水，將她身上的衣服跟頭髮都浸濕了。這讓她開始懷疑那或許不是一場夢。她從床旁邊的抽屜裡掏出耳溫計，放進右邊的耳朵裡，按下測量鍵。

「……三十八度……家裡有沒有退燒藥啊……」

她喃喃自語著，打算去看看常備藥的盒子裡有沒有退燒藥跟頭痛藥，卻在起身的那一刻感到一陣暈眩，踉蹌了一下。她深呼吸，重新起身往廚房走去，拿出頭痛藥配著水吞下肚，隨後開始找起自己的手機。看了大量的未接來電以及幾封簡訊，織恩突然愣住了。她是星期三晚上睡著的，今天竟已經是星期五了。她連續睡了兩天，宰夏、延熙、小吃店老闆都打了電話來，還傳了好幾封訊息。究竟發生什麼事了？那不是夢嗎？

「別擔心，我沒事。」

她簡短地將訊息發送給每一個打電話來的人，接著一邊咳嗽一邊翻找退燒藥。這種感覺，就像她在結束每一世並重新誕生時的暈眩感。她一找到退燒藥就趕緊放進嘴裡，隨後用顫抖的手打開礦泉水瓶蓋，一口氣喝掉了半瓶水。

遇見小春並回到家之後，織恩做了一個夢，她夢到自己沉浸在深海裡，在那個夢境裡不斷徘徊。一直以來，她在悲傷、後悔與自責的驅使之下，遺忘了過去的喜悅與幸福。但在遇見小春之後，曾經幸福的回憶便如浪潮一般席捲而來，將她捲入記憶的深海。小春就是幼時曾經幸福的她。小春就是織恩衣服上的花瓣，一直以來都陪伴在她身旁。那麼，爸爸媽媽會不會也以花瓣、以人、以風、以陽光、以月光的形式，一直陪伴在織恩身旁呢？

「或許就像我一樣，好幾個世紀以來爸媽也一再重生，四處尋找我。那些讓我感到莫名熟悉的人，會不會就是我最思念的他們？或者會不會反倒是我沒認出他們……」

既然如此，那我可不能再像現在這樣，把自己的一生都用來悲傷和自責了。我最心愛的那些人，肯定不會希望我過著如此悲傷、無趣的人生。我應該不必繼續懲罰自己了吧？如此虛度我所生活的當下，是否才是一種罪過？

擦去流下的汗水，脫下不知是被汗水還是海水浸濕的衣服，織恩洗了個澡。一打開蓮蓬頭，她便清楚想起關於水的許多回憶。沖完澡後，她用一條大毛巾包裹身體，在家中尋找她每天都會穿的那件黑底紅花連身裙。記得在夢中，紅色的山茶花瓣變成了藍色的勿忘草花瓣，但現在一看，衣服的花瓣卻依然還是原來的紅色。那果然只是一場夢嗎？只是她感覺自己像游了一整天的泳一樣，肩膀無比痠痛。她用左手揉了揉右肩，藥似乎逐漸生效，她身體的熱度也漸漸退了下去。

「眞希望能在心受傷的時候爲它塗一點藥膏，只可惜我們沒辦法這麼做。所以啊，我的乖女兒，媽媽特地準備了可可給妳！喝完這熱熱又甜甜的可可，然後再好好睡一覺，明天妳就不會那麼難過了。說不定還會一下子心情變好喔。乖寶貝，快來媽媽這裡。」

每次她傷心難過，噘著嘴鬧脾氣時，媽媽總會拿著一個跟臉一樣大的馬克杯，裡頭裝滿了熱可可還有加熱過的軟綿花糖。即使她難過地哭個不停，但只要喝下甜甜的可可，悲傷就會像棉花糖一樣瞬間被可可給融化。溫熱香甜的東西，難道都有這樣的魔力嗎？

媽媽雖不會用魔法，卻是能對織恩施展法術的魔法師。她的裙子上總有甜甜的餅乾味，脖子上則有花的香氣。織恩總會巴著媽媽的裙襬嗅聞餅乾的味道，媽媽也會彎下腰來抱抱她，這時她會聞到花的香氣。媽媽的廚房裡擺滿了好吃的東西，讓織恩長成一個雙頰圓滾滾的可愛孩子。

然而愛笑又溫暖的媽媽，偶爾會看著空中嘆氣。每當秋天來臨，媽媽就會有好幾天的時間，用滿懷思念的神情望著窗外，隨後才進到廚房裡去。她會在大鍋子裡咕嚕嚕倒入紅酒，隨後加入柳丁、蘋果、梨子與肉桂，再加入最棒的蜂蜜熬煮。接著她會從買來的水果中，挑出其中最漂亮、最美味的，洗乾淨之後放入鍋中。媽媽在煮茶的時候，家中總是瀰漫著一股加熱後的葡萄味。

「媽媽，我也可以喝妳煮的茶嗎？」

在沸騰的鍋子旁探頭探腦的織恩一問，媽媽便露出溫暖的笑容，果斷地搖了搖頭。

「這是為媽媽特製的，不能分給妳。等妳長大了，就去開發妳自己特製的茶吧。到時候我會把我的食譜傳給妳。」

媽媽一臉俏皮地笑著，臉上洋溢著幾天不見的活力。等到媽媽喝完為自己特製的茶之後，她又會再度充滿了活力。只是在熬煮那茶之前，她眼裡滿是思念。

仔細算了一下，媽媽當時的年紀，似乎跟現在的織恩差不多。媽媽煮特製茶時，爸爸跟織恩都說那是「思念的季節」。然而，媽媽在思念的，究竟是與爸爸相遇之前的什麼呢？她為何不去找那個思念的對象？難道她希望思念就只是思念嗎？大人的人生……都是這樣的嗎？

年幼的織恩將小小的手放在媽媽肩上輕輕拍著。媽媽握住肩上的那隻小手，笑著將她擁入懷裡。這樣相互感受彼此體溫的平靜，實在非常美好。雖然有些寂寥，卻也十分美麗。

「今天就學媽媽那樣，來做屬於我的特製茶吧。」

一直以來，織恩在家中喝的茶都是用外頭就能買到的茶葉沖泡。但要給人們喝的安慰茶，她卻會親自挑選、風乾材料，並以誠心進行沖泡。蘊含誠意與眞心的茶，比她的早餐茶還要更加溫和。這麼說來，她一直都是在爲她人煮茶，卻從來不曾爲自己煮過一杯安慰茶。

既然今天她跟媽媽一樣大了，在無法得到媽媽的食譜情況下，也還是可以自己來試試看。先把水燒開，再拿出她最寶貝的白色茶杯。

「今天安慰茶的特別材料……就要放入『希望自己能幸福的心』。」

一直以來，獻給心靈洗滌所客人的安慰茶，其中最大的祕密就是加入了織恩的眞心。她誠心誠意地想著人們喝下這杯茶之後，心靈便能獲得治癒。以這樣的心意帶給人們安慰，並將心的溫度融入茶中，就是織恩的特殊能力。

今天，她要大把大把地加入「爲自己著想的心意」。趁著水還沒燒開，織恩去換了件衣服，而花瓣則在她身旁低低飛著。她閉上眼舉起雙手，像在指揮一樣，將花瓣送入要用來泡茶的茶壺裡。今天她不要用茶葉，而是要用新鮮的花瓣來煮茶。

如果爸媽都在織恩身邊，看到她因爲對過往的懊悔，而過著枯槁的人生，不知該會有多麼難過。要是知道曾經雙頰圓潤的少女，過著沒有一絲生機的乾癟人生，那麼當他們重逢的時候，爸媽想必會比她更難過。織恩想起小時候臉頰胖嘟嘟又紅通通的自己、想起媽媽充滿愛與笑容的廚房、想起跟爸爸一起玩耍的院子。

一會兒之後她睜開眼，帶著微笑將紅色的特製花茶緩緩倒入茶杯。她用穩定的速度，將茶水倒入事先用熱水燙過的白色茶杯裡。份量不多也不少，剛剛好。

等待茶降溫的時間，她走到客廳打開窗戶。就像剛來到這個家的那天，她閉眼站在陽台上，深深吸了一口氣，城市的味道與海水的氣味同時衝入鼻腔。她睜開眼，舉起左手做出一個捧著茶杯的動作，茶杯便不偏不倚地落在她的手上。織恩帶著微笑喝著茶，眼前的晚霞就如杯中的液體一樣火紅。

「今天天上的雲好多，晚上可能看不到月亮了。」

喝著爲自己特製的茶，那溫熱的感受也使她的心開朗了起來。雖是沒有什麼變化的今天，卻依然與昨天不同。一定會來到的幸福，就在此刻織恩的茶杯裡。

喝下最後一口茶的那一瞬間，織恩裙襬上的花瓣形成一個漩渦朝空中飛去。長久以來，這些花瓣都是織恩的一部分。如今看著它們朝夕陽飛去，她不自覺地揮了揮手。包覆著紅色花瓣的雲朵降落下來擁抱織恩，雲朵的懷抱如媽媽一般溫暖，令她感到無比放鬆。一、二、三……擁抱織恩的雲朵重新回到自己的位置。她緩緩走進屋內，站在玄關的鏡子前看著自己。

雲朵碰觸過的地方，留下了雲的痕跡。她身上的那件黑色連身裙，此刻成了雲朵般的溫潤白色。紅色花瓣的位置，則由藍色的花瓣取代。花瓣離去了，卻留下了新的花瓣。織恩曾經失去血色的嘴唇，如今也開始泛紅。眞是奇怪，不知爲何總覺得內心充滿了希望。

織恩趕緊離家，往心靈洗滌所去。她打開家門的那一刻在想，眞希望開門後就能直接通往洗滌所。

「天啊，我明明是打開家裡的大門，沒想到竟眞的來到洗滌所了。」

她第一次使用這樣瞬間移動的魔法，連她自己都嚇了一跳。她走進裡頭，將洗滌所的招牌點亮。爲了那些擔心洗滌所沒開門的人，她把所有的燈都點亮了。她在一樓與二樓之間往來穿梭忙著打開窗戶，隨後便上到天台。前天晾起來的衣服依然還在曬衣繩上風乾。

是啊，洗好的衣物要在陽光與風的協力之下才會乾，正如同心也會同時需要冷與熱、喜悅與悲傷。我們必須接受已經發生的事，如果能夠挽回就去挽回，若不能挽回，那就得承認這也無可奈何。

漫長的歲月以來，她彷彿不停逃跑，如今她覺得自己終於能夠停留。偶爾，她要像掛在曬衣繩上的那些衣服隨風搖曳一樣，把自己的身體交給命運。雨天時就淋雨、風起時便吹風、陽光和煦時便享受溫暖。起風的時候，要專注地看看隨風搖曳的自己。要完整的接受、完整地去愛那個還有些不足、仍會犯錯、經常徬徨且搖擺不定的自己。這會不會才是眞正洗去心靈污漬的祕訣？

「天啊，織恩老闆今天怎麼會穿白衣服了？哎呀，好美呀，眞美！早就該這樣穿了！」

「老闆！我還在擔心妳是不是生病了！妳怎麼都不接我的電話？」

「我還以爲老闆妳出了什麼事，整個壓力超大，一連吃了兩條烤魷魚，嚼到我牙齒都快掉了！妳要負責啦！」

洗滌所的燈一點亮，小吃店老闆、延熙與宰夏便衝了過來，紛紛來到天台上對織恩說出他們的擔憂。那些責怪之中，也摻雜著他們對織恩的愛。織恩笑著，接受了他們話語中的愛與溫度。她咧嘴笑著，露出雪白的牙齒與大大的笑容。她雙手摀著嘴笑，接受了他們的擁抱。

藍色的花瓣從她的連身裙上飛了出來，圍在他們身邊轉個不停。溫暖，這是個溫暖且平凡的日子，或許都是多虧了那專爲她一人熬煮的特製茶。直到這個時候，她才終於明白爲何媽媽會特地爲自己熬煮一鍋茶。

「我……肚子餓了，我想吃飯。」

聽到織恩喊餓，三人同時瞪大了眼睛。這還是織恩第一次主動開口說想要吃飯。小吃店老闆趕緊回到店裡準備，宰夏跟延熙則一人一邊勾著織恩的手，拉著她跟在後頭往小吃店走去。

「對了，老闆，妳衣服上的花瓣怎麼不是紅色而是藍色啊？」

宰夏看著織恩連身裙上的花瓣，睜大了眼睛好奇地問。上次他也曾經不小心把花瓣看成藍色還是紫色，這次他有點懷疑又是自己看錯了。

「藍色的花瓣也很美啊。」

織恩答道，並對宰夏露出一個微笑。這麼說來，洗滌所剛落成的時候，她也是跟這兩個孩子在一起呢。那是個月亮被烏雲遮蔽，漆黑得伸手不見五指的夜晚。就像今天一樣，那天也是個天空被雲層遮蔽的日子。

☼☾

「老闆，以後妳要是哪裡不舒服，要記得先跟我們說！我們眞的很擔心妳！妳的臉色一直都很蒼白，身體看起來很不好的樣子，結果突然一聲不響地消失，又不接電話，洗滌所也沒開門，妳都不知道我們有多緊張！」

延熙一下班就衝到洗滌所，她一邊解開身上黑色夾克的釦子一邊不滿地抱怨。織恩沒有來洗滌所的這兩天，宰夏與延熙都在想是否要報警，又煩惱報了警是否眞能找到織恩，晚上都睡不好。

「我都不知道去敲了妳家門多少次了，還在想要是到今天妳還不出現，我就要去報警了！不是啊，如果我們跑去報警，說要找一個會用魔法、身上穿著花瓣圖案連身裙的長髮漂亮女子，警察會把我們抓走吧？警察肯定會覺得我們很奇怪！」

宰夏接力抱怨。織恩又是抱歉又是感激。原來這就是有歸屬的感覺、有伙伴的感覺啊。織恩雙手合掌，對著兩人點了個頭。

「抱歉，我身體不太舒服。」

織恩一句抱歉，讓宰夏跟延熙瞬間僵在原地。沒想到延熙竟然露出比剛才更擔心的樣子，用手摸了摸織恩的額頭。織恩老闆不可能會這樣啊，她居然道歉了？難道是傷到腦袋了嗎？

「老闆，妳是不是眞的有哪裡不舒服啊？妳不會生病了吧？怎麼突然道歉啊？我會怕耶……還有啊，妳怎麼換了一件這麼白這麼漂亮的衣服？妳今天好奇怪喔，妳會不會不是老闆本人？該不會是老闆用魔法做出來的分身吧？」

「手拿開啦，廢話少說。」

甩開延熙貼在自己額頭上的手，織恩翻了個白眼。見織恩這樣眞實的反應，宰夏跟延熙這才放心地拍了拍胸口。

「呼，這樣才對嘛，確實是老闆本人沒錯。」

「哎呀，你們怎麼這麼愛亂開玩笑啦。趁菜冷掉之前快吃吧。」

紅色的桌子上，三人面前都擺了一盤飯捲，每一塊都切的又大又厚。

「欸，哪來的飯捲這麼大條啊？這一塊都跟我的臉一樣大了！阿姨，這樣根本沒辦法吃啦，要拿刀子再切小一點！」

「哎唷，宰夏你這臭小子，看是要用切的還是咬的，反正能吃就好！廢話少說，快吃！我等等再盛湯給你們，你們等一下喔。」

小吃店老闆用力拍了宰夏的背一下，並對延熙與織恩微笑，接著便轉身去盛湯了。延熙起身接過湯碗分給另外兩人。

織恩與宰夏都盯著那巨大的飯捲看傻了眼。宰夏先活動了一下自己的嘴，試圖夾起一塊飯捲放進嘴裡。剛剛才起鍋的白飯，拌入了香氣四溢的麻油和鹽巴。裡頭包著沒有調味的紅蘿蔔條、黃瓜條、牛蒡絲、蛋皮、火腿、醃黃蘿蔔和魚板，每咀嚼一次都能吃到不同的味道。吃著飯捲，宰夏想起了母親蓮慈女士。爲了讓挑嘴的宰夏能夠均衡攝取多種營養，蓮慈女士經常做飯捲。想到媽媽，塞了滿嘴飯捲的宰夏突然有些鼻酸。他不自覺地再夾起一塊飯捲往嘴裡塞，接著又喝了口湯。

「阿姨，妳的飯捲變好吃了耶。妳加了什麼？快告訴我！」

感覺自己就快要哭出來，宰夏趕緊隨便找了個話題轉移注意力。小吃店老闆則是雙手插在圍裙的口袋裡，笑著說前陣子蓮慈來過之後，她便請教了一下做法，後來便換了包在飯捲裡頭的食材。蓮慈建議她，紅蘿蔔跟黃瓜炒過之後會太鹹，最好別炒也別切絲，切成條狀包進去就好。

「你要是覺得好吃，那我就再多包幾條，多吃點。」

小吃店老闆將一條一條的飯捲包好後再切塊，堆成高高的飯捲山，三人則拿起筷子埋頭吃個不停。織恩將夾來的飯捲裝在盤子裡，把包在裡頭的餡料挑出來單獨品嘗。

延熙則是把嘴巴張得老大，一口就將飯捲塞進嘴裡，滿足地咀嚼著。其實今天工作很繁重，她之前都沒能好好吃到一頓飯。穿了一整天的高跟鞋和套裝，讓她渾身十分緊繃，現在能這樣輕鬆吃飯，感覺好像活過來了。三人沒有說話，只是專注吃著眼前的食物。他們的關係已經好到不說話也不會感到尷尬的程度，即便沉默以對也能感到自在。當眼前的飯捲山降低到一定程度時，宰夏首先打破了沉默。

「話說，不覺得我們這樣一起吃飯，就很像一家人嗎？」

聽了宰夏的話，織恩、延熙和小吃店老闆同時看了看彼此，那是十分暖心的視線。是啊，家人不就是這麼一回事嗎？

織恩爲了把失去的父母找回來，在漫長的歲月裡不斷徘徊。靠著那些與父母共度的溫馨時光，她才能撐過一段段孤獨又艱苦的時光，直到此刻才再次讓她重溫了當時感受過的安穩。奇怪的是，她竟然不再感到孤獨了。雖沒找到爸媽，她也不再滿心悲傷。過去的事情既然已經過去，那不如就活在當下吧。接受、承認，並活在當下，我能夠擁有這樣的勇氣嗎？織恩一邊想著，一邊拿著手中的湯匙往空蕩蕩的湯碗敲個不停。

「哎呀，家人也不是什麼大不了的東西。有很多人都是整天讓家人傷心，到處闖禍給家人添麻煩，卻又因爲血緣關係而無法切斷彼此的聯繫，那才眞是讓人生氣、讓人難過呢。比起單純因爲跟對方是家人，就有所期待又互相傷害的關係，現在反而有更多人像我們這樣，一群心意相通的人湊在一起相互擁抱、彼此安慰，成爲對方的家人，是不是，織恩老闆？」

小吃店老闆捧著一碗新的魚板湯，一拐一拐地走過來將湯碗放在織恩面前，還對她眨了個眼。她那滿是皺紋的臉上洋溢著濃厚的人情味，讓接過這碗湯的織恩也跟著笑開來。這碗湯、這個人，都好溫暖。

「對啊，能這樣相互珍惜、照顧、擔心彼此，又一起吃飯分享日常生活，我們就是一家人啊。」

織恩這句話，讓正在吃著飯捲的延熙忍不住眼眶發熱。我也有家人了，有了我最想要的避風港，她心想。

「唉唷，氣氛怎麼突然變成這樣了？不過老實說，這樣還不錯啦。對了，我要打個電話給海寅，因爲聯絡不上織恩老闆，那傢伙也超擔心的。他明天要在大海藝廊開攝影展了，現在應該忙得不可開交，但還是一直問我到底找到老闆了沒有。他這兩天晚上都是忙完布展的事情，就一直在洗滌所附近徘徊呢。」

摸著吃飽後的圓肚，宰夏拿起手機時還不忘瞥了織恩一眼。宰夏可是早早就察覺到海寅對織恩有意思了。他在某部電影裡看過，這世界上有三樣東西是藏不住的：打噴嚏、貧窮與愛意。第一次來到心靈洗滌所那天，海寅的視線就一直追著織恩跑，當時宰夏便有些擔心這位好友。因爲他總覺得，織恩彷彿不知何時會像一陣風一樣消失，就好像她當初憑空出現一樣，轉眼消失得無影無蹤。要是她眞的消失了，那海寅該怎麼辦才好？

他很久沒看到海寅這傢伙如此擔心、惦記一個人了。他外表看上去雖是個跟誰都能友好相處的好好先生，但其實對人我之間的界線掌握得非常明確，不會輕易讓誰走進自己的心。

「啊……是喔……」

織恩答道，同時用筷子戳著從飯捲裡頭挖出來的那些食材。宰夏知道海寅很在意織恩，卻不曉得織恩心裡怎麼想。織恩看似有些難相處，卻又有她親切的地方，有時看似頗爲冷淡，其實相當溫暖。她是個能替人們除去心靈傷痛的好人，卻也是個不知如何替自己除去心靈傷痛的悲傷之人。宰夏能看出其他人眼中的感情，但織恩的眼睛卻像沒有一絲波瀾的深邃大海。

宰夏拿了杯水給脫下高跟鞋正揉著小腿的延熙，隨後開始傳訊息給海寅。他心想，哎呀，這麼複雜的事情他可管不了，只希望朋友幸福就好。現在海寅肯定心急如焚，他得先想辦法讓好友靜下心來。

宰夏的訊息才剛傳出去，電話便立刻響起，來電者是海寅。

「宰夏，找到織恩囉？她有受傷嗎？她沒事吧？」

見電話才接通，海寅一個勁地說個不停，宰夏便直接把電話交給織恩了。宰夏判斷，現在海寅應該不想聽到自己的聲音，而是想聽聽織恩說話才對。接過電話的織恩對宰夏露出一個微笑，便走到小吃店外頭去講電話了。今天的風吹起來很舒服，她先將被風吹亂的黑色髮絲撥到耳後，才開始講起電話，主動拉近自己與海寅的距離。

「織恩，妳有受傷嗎？妳病得很重嗎？」

「我沒事，只是這兩天一直在睡覺而已，眞的沒事。」

聽見織恩的聲音，海寅才終於放下心來，大大地鬆了口氣。從第一次透過觀景窗看見織恩的那天起，海寅便一直無法忘記織恩那充滿悲傷的眼神。織恩一直卡在他的心頭，那感覺就像消化不良，總要到洗滌所見她一面才能感覺舒暢一些。眞是奇怪，海寅也不是沒談過戀愛，卻從來沒有過這樣的感受。織恩彷彿隨時都會倒下，渾身散發著悲傷的氣息，卻還要治癒他人、安慰他人的心靈，這讓海寅很想要保護她。

然而他也清楚，要是太過魯莽地糾纏，織恩或許就會像晨間的露水，轉眼便消失無蹤。除了擔心魯莽行事嚇到織恩之外，海寅也想再確認一下自己的心意，因而只敢在她身邊打轉，不敢貿進。可是就在聽見宰夏說找不到織恩後，這兩天來海寅只覺得自己擔心得就要發瘋。管她是晨間露水還是捉摸不到的水蒸氣，只要重新找回織恩，他一定要好好把自己的心意說出口。海寅一邊維持與織恩的通話，一邊往她所在的地方飛奔而去。

「那個……妳就待在那裡，我去找妳。」

海寅一副立刻就要衝過來的態度，讓織恩不自覺向後退了一步。

「喂？織恩，妳有聽到我說話嗎？電話沒有斷吧？等我一下就好，在那邊等我。」

「嗯……海寅，你在哪裡？」

「這裡是藝廊，搭計程車馬上就到了。明天展覽就要開幕，我正在做準備。」

「那我過去吧。」

織恩說著，並往前走了兩步。走到馬路上正準備攔車的海寅嚇了一跳，她說要過來，她竟然說要來找我。

「可以嗎？妳不是生病了嗎？別勉強自己。」

海寅擔憂的聲音讓織恩忍不住笑了出來。來到金盞花鎮之後，她居然開始想做些自己從來不會去做的事。例如今天的風很涼爽，讓她想搭巴士好好感受一下。

「你知道世上有一種公車，擁有最長的車窗嗎？」

「擁有最長車窗的公車？嗯……我好像知道。」

「對，我會搭那輛公車過去，去到那邊再說吧。等我。」

在電話兩端的兩人同時露出笑容，涼爽的風從他們的頭頂吹過。迎著那撩動髮絲的風，織恩進到小吃店將手機還給宰夏，臉上帶著開心的笑容。正用拳頭按摩小腿，嘴裡一邊咀嚼飯捲的延熙被老闆的模樣嚇了一跳，甚至停下了咀嚼的動作。

「老闆，妳這……該不會是嬌羞的笑吧？奇怪耶，妳今天是怎麼了？我不會道歉喔，因爲妳今天一直在做很奇怪的事。我覺得妳得去看一下醫生！」

「該去看醫生的是妳，延熙。老闆，我把大海藝廊的地址傳給妳喔。」

宰夏邊往正準備開口說點什麼的延熙嘴裡又塞了一塊飯捲，邊嘻嘻笑著說。剛才把耳朵貼在小吃店門上偷聽兩人說話的他，幾乎忍不住要高聲歡呼起來。說要過去找海寅的老闆，眼中第一次發出了光芒。原本不是如活死人一樣了無生氣，就是流露無比悲傷的那雙眼睛，如今充滿了生機。

打從心靈洗滌所出現在這座城鎮的那天起，織恩便不曾離開這座山丘，直到如今她才第一次主動說要靠自己的雙腳前去某個地方。只要心思一轉，她也能夠用魔法移動，但是現在她卻說要搭公車去，實在太令人難以置信了。

「宰夏，蓮慈女士跟我說過，這裡很適合搭公車。那我就出發了。」

織恩將手機交還給宰夏，開門正準備出去時，又突然停下腳步轉身對著廚房。

「阿姨，我吃飽了，眞的很好吃，謝謝妳。妳說我的花洋裝很美，對吧？我會找一件類似的給妳。」

三人又再次被織恩的反應嚇了一跳。他們同時看著織恩，不明白她今天爲何這麼反常。她對著三人揮了揮右手，便打開小吃店的門離開了。現在她要好好傾聽，不再忽視自己內心的聲音了。她踩著不慢也不快的步伐，用跟心跳一樣的速度朝著公車站走去。或許有一天她會後悔今天的決定，或許等到時間過去，她會因爲彼此的心意不再相通而難過，但那都無所謂。因爲，今天，她決定先依照心之所向鼓起勇氣。

她前去搭乘那輛有著世上最長車窗的公車。她抹去內心限制自己的那條線，打開門，搭上那輛通往外界的公車，踩著如華爾滋一般輕快的步伐。織恩的裙襬搖曳，藍色花瓣也隨之起舞。舞動的花瓣伴隨著清風，吹在街上、吹進心裡。同樣的一陣風，也吹到你我的身旁。

「風在吹，我要繼續活下去。」

織恩簡潔有力的嗓音，響徹了整條巷子。金盞花鎮上的街燈，都隨著織恩的聲音響起而點亮。是光，在黑暗之中有爲我照亮前路的光亮起來了。

「老闆，妳要記得交通卡啦！就算會用魔法，也還是要刷卡才能搭公車喔！」

宰夏氣喘吁吁地衝到公車站，迅速將交通卡塞進織恩手裡。公車恰好在這時抵達，織恩拿著卡上車。宰夏說要用這張卡做什麼呢……看見織恩一上車便往最大的車窗邊走去，司機大喊了一聲。

「小姐，妳幹麼？要刷卡才能上車啊！」

司機看著織恩，敲了敲車上的讀卡機。

織恩拿手上的卡去刷，完成車資支付後坐到位置上。她莫名地感覺心情很好。這世上居然還有她從沒體驗過的事，她覺得好開心，就像是再一次重獲新生，用全新的自己再次體驗這個世界。

打開窗戶，織恩的臉頰被風搔癢。公車駛下曲折蜿蜒的山路開往市區。人們上車、下車。有人急忙走過街頭、有人與戀人相互擁抱、有人雙手提滿了要吃的美食，也有人一臉疲倦地戴著耳機盯著手機螢幕，還有人三五成群走在路上，一邊分享著有趣的故事。公車內外都是人們生活的風景。每個人都有不同的表情，交織出一幅獨特的城市景觀。

陌生的人們身處在同一個空間裡，彼此擦肩而過。過去，織恩無論在哪一世，都感到自己無法融入人群。然而今天，自己就在眼前所見的風景之中，卻絲毫不會感覺彆扭。選擇踏上一再重生之路後，這是她頭一次感覺自己融入這個世界，融入人群中，她不知有多久沒有這樣安心的感受了。她突然有些鼻酸。

「下一站是大海藝廊，大海藝廊。」

愉快地欣賞著窗外的景色，不知不覺車內廣播通知即將抵達目的地。一路上，她注意到人們會在要下車時按鈴，於是她也跟著按了鈴。遠遠的就能看見海寅在等她。那個穩重的男孩，爲何看來如此焦躁不安？看著忐忑不安的海寅，織恩的心跳也跟著加速。等待號誌燈轉換燈號的那三十秒，像永遠一般漫長。

「織恩！妳還好嗎？身體很不舒服嗎？」

海寅焦躁地在公車站來回踱步，一看見織恩下車便立刻上前查看她的臉色。過去這兩天，海寅一直以爲她消失了，完全無法專心工作。而他同時也感到後悔，實在不該花費一堆時間煩惱跟猶豫，應該盡早告白的。海寅想用自己的方式表達對織恩的愛慕，卻沒想到她有可能會消失。應該要早點鼓起勇氣才對……他不知有多麼懊悔。看著雙眼因爲缺乏睡眠而布滿血絲、滿臉都是鬍碴的海寅，織恩先回應了他的問題。

「這兩天我一直都在睡覺。後來是做了一個夢才醒來，現在我身體也沒有不舒服了。」

海寅注意到，說著這話的織恩，眼神不再像過去那麼悲傷了。看著鬆了口氣的海寅，織恩用眼神表示自己沒事，並接著說下去。有些話不必說出口也能透過心交流，感覺眞好。

「海寅，把你的手機給我。」

「手機嗎？好……拿去。」

「這是我的號碼，你存起來吧。」

織恩用海寅的手機撥電話給自己，在彼此的手機上留下對方的電話號碼後，才又將手機遞還回去。海寅接過手機，小心翼翼地輸入織恩的名字，並將號碼儲存起來。稍早他還在想，一見到織恩就要立刻跟她告白。但現在看著眼前的她，海寅卻腦袋一片空白，什麼想法也沒有。該怎麼辦才好……煩惱到最後，他終於開口說：

「要不要一起散散步？」

織恩以笑容回應。於是兩人肩並著肩散起步來。

走在秋意漸濃的街道上，混雜海水氣味的風朝兩人吹來。路上的車子走走停停，一路上，他們看見許多人分開、相聚。兩人走在街上，也成爲街頭的風景。

「來到金盞花鎭以後，這是我第一次來到比較熱鬧的地方。你知道嗎？我覺得好像來到另外一個世界。」

「我知道，那裡跟這裡是完全不同的世界。這裡很吵雜、步調很快，也讓人心跳很快。那妳搭了世上擁有最長車窗的公車之後，有什麼感覺？」

不知是因爲穿過吵雜的鬧區而心跳加速，還是因爲織恩就在身旁而心跳加速，海寅把話說出口的同時，也在琢磨這個問題的答案。看海寅苦惱地搔著頭，織恩又笑了。糟糕了，心臟是不是故障了？爲何一直跳個不停？

「我只是搭了一趟公車而已，心情卻有一種翻過一座山、跳出玻璃櫥窗的感覺。人生啊，有時候就像在爬山。本以爲翻過這座山就會好一些，沒想到前頭又是另一座山。可是從公車上走下來的那一刻，我覺得自己終於走下了山，而且眼前也沒有別的山了，心情非常輕鬆，也很吃驚……」

海寅點點頭，表示能夠理解這個想法。

「我想，來心靈洗滌所洗去心靈污漬的人，應該也都有相同的感受吧？我覺得我到現在才終於比較懂那是什麼心情了。」

一直以來，織恩只是單純希望藉著洗去污漬、撫平皺褶，來讓人們的心能夠舒坦一些。要是那些愁眉苦臉走進洗滌所的人，能夠帶著開朗明亮的神情離開，她就感到十分安心，但同時她也好奇：那究竟是怎樣的一種感受？織恩常常一面在心中祈求這些人能獲得幸福，一面想著會不會有一天，自己也能明白煩惱煙消雲散的暢快心情？她內心隱約有些期待，卻始終不知會有什麼結果。

然而今天，她似乎隱約能體會那種心情了。織恩沉浸在思緒之中，海寅也只是靜靜陪伴在一旁，並沒有開口打斷她的思緒。就在兩人終於走到大海藝廊前，海寅才開口說：

「那要不要跟我一起搭回程的公車？如果又要爬山，比起一個人，兩個人會更有依靠。」

「嗯……好啊。啊，你是要在這裡辦展覽嗎？」

「對。我一直都用媽媽的相機拍照，這次我終於決定要把那些照片拿出來展覽。妳要進來看看嗎？」

「好。」

海寅從來不曾敞開過自己的心門。父母去世之後，他持續用媽媽留下的相機拍照，卻從不曾將底片拿去沖洗。之所以會決定將這些珍藏的回憶拿出來，是因爲他偶然在屋頂上拍到了那名流淚哭泣的女子。他一直覺得，照片只能將眼睛所見的事物記錄下來，卻無法完整保存情感。但是在拍下她的悲傷之後，海寅卻突然想把照片沖洗出來了。

他將好幾箱的底片拿去沖洗，並決定租下十坪大小的藝廊開攝影展。做這許多準備，都是希望那名女子能看見自己拍的照片。海寅點亮藝廊的燈，領著織恩往內走。

「其實，我想讓妳看一張照片。」

「哇……你是怎麼拍到這個畫面的？普通人應該看不到才對啊……」

才走進入口，織恩便被掛在牆上的巨大照片嚇得停下腳步。照片中的女子有著又黑又長的睫毛，睫毛尾端還掛著淚珠。在夕陽的映襯之下，那雙眼無比悲傷。照片的影中人，就是織恩。

「在一般人眼裡，說不定只能看到一片白，其他什麼也看不到。這只有我跟妳看得到。」

「為什麼……？你該不會也……？」

「啊……那個……其實……我慢慢說給妳聽吧。妳可以過來這邊一下嗎？」

海寅帶著微笑看著吃驚的織恩，並用手示意織恩往右邊走。一道白色的牆邊，海寅一直帶在身邊的相機，就擺在塑膠方盒上，旁邊則有一台相片印表機，上頭寫著「決定性瞬間」。這樣擺設的用意，是希望把在展場內當場為觀眾拍照這個行為，也變成一項藝術作品。

海寅雙手輕輕搭在有些摸不著頭緒的織恩肩上，引導她到牆邊的椅子坐下。織恩坐到椅子上，看著一旁的作品名稱開始思考。

「為了拍下決定性瞬間，那就必須拍一輩子才行。因為人生的每一刻，都是決定性瞬間。這是卡提耶－布列松說過的話。」

「沒錯，我直接用他的那句話來當作品名稱。今天真是個好日子，因為我在構思這個作品的時候，一直希望第一個拍的人可以是妳。謝謝妳來找我。」

拿起放在盒子上的相機，調整焦距後，海寅害羞地笑了。而坐在椅子上的織恩，也因爲海寅的笑容而跟著笑出來。微笑會傳染，能夠帶給人們好心情。

「我可以幫妳拍張照嗎？」

「好啊，請幫我拍吧。」

「請妳暫時閉上眼，想像妳最幸福的時刻。」

聽從海寅的指示，織恩閉上了眼。最幸福的時刻是什麼時候呢？本以爲某些特別的時刻才能稱之爲幸福；以爲挽回並導正自己的錯誤才能夠幸福；甚至原本覺得自己沒有資格，因而不打算幸福。

但即便如此，人生的每一刻依然都無比珍貴、都充滿了愛。充滿後悔的昨天、覺察到如何愛自己的今天，或許就連逐漸老去的明天，甚至是無法解開魔法，必須要再一次重生，但那些都是自己的選擇，也因此都是幸福的時刻。突然覺得心裡熱呼呼的，她把手放在心口，感受自心臟傳來的熱度。

有時候，她會希望自己沒有心。只要沒有心，那就不會痛，也不會難過了。她想把心拿出來洗乾淨再放回去，想過著從此再也沒有痛苦與悲傷的人生。會不會正是因為心無法拿出來清洗，所以她才會天生具有能為人清除心靈的污漬、撫慰他人傷痛的特殊能力？

或許在感覺到自己好像會心痛之前，應該把心從身體裡拿出來以避免受苦。而等到那天感覺會充滿喜悅時，再把心放回去。可是若眞的這麼做，還能夠同理他人的痛苦嗎？還能夠帶著祈福之心，將人們心中的污漬化作花瓣送往太陽嗎？

「啊……花瓣……」

織恩發出一聲短暫的嘆息。那些花瓣。她本以為自己失去了心愛的人，從此孤單獨活在這世上，但那些一直以來跟隨在她身邊的花瓣，不都是過去陪在她身旁的人留下的心嗎？是不是為了不讓織恩孤單，那些心靈的污漬被曬乾之後，才變成了美麗的花瓣留下？一直以來，織恩都覺得是自己在安慰他人，但或許人們也一直在安慰織恩。

小時候不小心偷聽到父母的談話，讓織恩知道原來自己擁有兩種能力。會不會是為了輔助安慰並治癒人心的力量，她才會獲得能實現夢境的能力？

愛自己、接受自己原本的樣子；感受痛苦、悲傷與喜悅，並綻放出花朵的今天，會不會就是我們所夢想的那一天？爸媽想告訴我的祕密，會不會就是現在這一刻？結束如永恆一般的漫長思考，織恩終於睜開了眼。

咔嚓。

快門聲才一響起，與相機連接的相片印表機便立刻印出了相片。人生總是充滿令人驚奇的祕密。照片裡，織恩的瞳孔中，映有曾經與織恩相伴的人們的笑容。如今陪伴在她身旁的人、曾經擦身而過的緣分，甚至是織恩最爲思念的那些人。

這時，花瓣從織恩的裙襬飛了出來，在兩人身邊環繞。藍色花瓣如浪潮一般，在大海藝廊裡飛舞。

或許讓夢境實現的能力，並不需要用到魔法，或許那是我們人生中都有可能達成的結果。讓人生變成理想樣貌的力量，或許是即使犯錯、即使受傷，也依然愛著原本的自己的那些人，才能獲得的勇氣與特權。那麼，這魔法就不是只有被選中的特別之人才能擁有，而是人人都能得到的能力。會不會就是爲了讓大家知道這個祕密，織恩才會來到這個世界上？

織恩心中充滿了複雜的情緒，視線在照片與海寅之間來回。這麼一想，海寅身上總是能聞到陽光的味道，就像晾在心靈洗滌所天台曬衣繩上的衣服所散發的味道。他臉上帶著如陽光一般的微笑，對著織恩張開雙手。那是經過陽光曝曬之後，鬆軟的衣物所散發的好聞味道。海寅說：

「歡迎光臨，這裡是心靈照相館。」

兩人同時笑了出來。今天眞是耀眼又美麗的一天。

後記

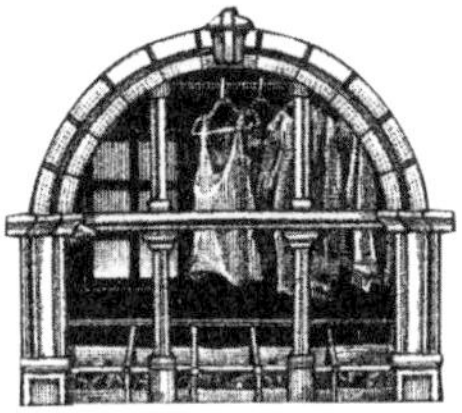

「活著總是這樣。面對那些難受的事情，總讓人好奇苦難何時會過去。可是等到平靜的日子來臨，自己又會莫名地惶惶不安。會覺得這是怎麼回事？生活怎麼這麼平靜？而難以好好安心地平靜生活。如果你有這樣的想法，就到心靈洗滌所來吧。來這裡聊聊天再走。找人聊一聊，你會覺得心像被清洗過一樣，變得輕鬆許多。」

「卡！哇，李延熙，妳滿會講的嘛！」

每到週末，延熙跟宰夏就會來心靈洗滌所幫忙。兩人也開始經營個人影音頻道，拍影片來替自己找樂子。這是延熙主動提議的，多虧了豐富的化妝品推銷經驗，她一點也不害怕對群眾說話。而對拍影片這件事躍躍欲試的宰夏，則欣然接受延熙的提議。平日裡，他就認眞做公司的事，到了週末則跟延熙一起拍片。

過去，宰夏一直覺得生活很不平衡，就像在坐蹺蹺板。他坐的那一邊似乎從來都是比較重的那一邊，直到最近才開始覺得重量有了些改變。自從見證心靈洗滌所憑空現身，並鼓起勇氣走進去之後，蹺蹺板便開始動了起來。對宰夏來說，那天的決定或許就是他展現此生最大的勇氣。

「乾脆讓你們來經營洗滌所好了。」

去「我們的小吃」餐廳拿飯捲回來的織恩，看著正在拍片的兩人這麼說道。

「哎呀，老闆，我還沒有習慣妳用這麼認眞的表情開玩笑耶。」

裝出一副害怕模樣的宰夏接過一條飯捲。延熙來到織恩身旁也打算拿一條飯捲，卻突然吃驚地瞪大了眼睛。這究竟是怎麼回事？

「老闆……！妳有白頭髮了！」

延熙說完，織恩驚訝地摸了摸自己的頭。白頭髮？這可是她出生以來第一次遇到這種事。

「我有白頭髮？在哪裡？」

「就在右邊這裡，有一根。哇……這很不得了耶。」

宰夏也隨即湊上來，跟著找起織恩的白頭髮。這麼說來，織恩老闆的眼角，似乎也開始出現細紋了。本以爲一輩子都不會變老的人，現在居然有白髮與皺紋！

「要幫妳拔掉嗎？」

「不，不要拔，我去照一下鏡子。」

織恩走去照鏡子的步伐感覺莫名輕盈。是她殷殷期盼的年老的證明嗎？長白髮、生皺紋，跟心愛的人一直在一起，而後自然地老去，是她殷殷期待的日常終於來到了嗎？

經營心靈洗滌所之後，織恩明白了一件事：

今天才是人生最特別的禮物。無論再如何後悔過去，那些也都已經過去了。而明天是尙未來到的未來，因此人必須好好活在今天。「今天」這一份如魔法一般的大禮，每個人都能公平享有。

「延熙、宰夏，我跟你們講一個祕密。」

「哇，祕密？什麼祕密？」

「等等喔，我去看一下有沒有人在偷聽。」

「沒關係，這是可以傳出去的祕密。」

「哎呀，這就不叫祕密了啊，眞無聊！」

「那你們不要聽了嗎？」

「沒有啦，當然要聽！是什麼？」

「就是啊，妳們也跟我一樣有特殊能力喔。」

「眞的嗎……？」

「對，就是能夠『實現自己說出來的話』。」

延熙與宰夏同時看了看對方，隨後又再度將目光轉回織恩身上，等她繼續把話說完。織恩將又黑又長的頭髮向後撥，並笑著將手搭在他們兩人肩上。

「只要你們相信自己走的路是正確的、相信自己的選擇是正確的、相信未來都會很好，那最後就一定會如你們所願。讓生活如你們所說、所信、所願的能力，一直都在你們心中。不要懷疑，就相信自己吧，相信你們一定能夠成功。」

織恩用力拍了拍兩人的肩膀，隨後接著說：

「還有，你們要記住。神會用『考驗』這層包裝紙，包裝祂要送給人的大禮。如果今天遇到一些困難，那你就要準備好接受禮物了。你手上正在拆的這份禮物，說不定是很驚人的東西喔。」

說完，織恩便緩緩踏上通往天台的階梯，留下兩人繼續思考剛剛的那一番話。她斜躺在天台中央那張椅子上，靜靜看著陽光。現在時間還太早，不適合將花瓣送往太陽。

她閉上眼，泛起一抹平靜的微笑，用自在的表情享受灑落的陽光。這陽光有些熾熱，卻又不那麼熾熱。我終於知道自己來到這世界的理由。如今、此刻，才終於明白。能夠自然老去的今天，是這麼的美麗。

「這眞是個適合午睡的好天氣呢。」

國家圖書館出版品預行編目資料

金盞花心靈洗滌所 / 尹淨銀 著；陳品芳 譯. -- 初版. -- 臺北市：寂寞出版股份有限公司，2024.03
288面；14.8×20.8公分（Soul；53）
譯自：메리골드 마음 세탁소

ISBN 978-626-98177-1-9（平裝）

862.57　　113000912

圓神出版事業機構　寂寞出版社 Solo Press

www.booklife.com.tw　　reader@mail.eurasian.com.tw

Soul 053

金盞花心靈洗滌所

作　　者／尹淨銀 윤정은
封面插畫／宋智慧 송지혜
譯　　者／陳品芳
發 行 人／簡志忠
出 版 者／寂寞出版股份有限公司
地　　址／臺北市南京東路四段 50 號 6 樓之 1
電　　話／（02）2579-6600・2579-8800・2570-3939
傳　　真／（02）2579-0338・2577-3220・2570-3636
副 社 長／陳秋月
資深主編／李宛蓁
責任編輯／朱玉立
校　　對／李宛蓁・朱玉立
美術編輯／蔡惠如
行銷企畫／陳禹伶・鄭曉薇
印務統籌／劉鳳剛・高榮祥
監　　印／高榮祥
排　　版／杜易蓉
經 銷 商／叩應股份有限公司
郵撥帳號／18707239
法律顧問／圓神出版事業機構法律顧問　蕭雄淋律師
印　　刷／祥峯印刷廠
2024 年 3 月　初版

定價 420 元　　ISBN 978-626-98177-1-9　